KB091747

나의
아름다운

죽음을 위하여

나의 아름다운 죽음을 위하여

초판 1쇄 인쇄 2013년 2월 5일
초판 1쇄 발행 2013년 2월 10일

지은이 | 고광애
펴낸이 | 이영선
펴낸곳 | 서해문집
이 사 | 강영선
주 간 | 김선정
편집장 | 김문정
편 집 | 허 숭 임경훈 김종훈 김경란 정지원
디자인 | 오성희 당승근 안희정
마케팅 | 김일신 이호석 이주리
관 리 | 박정래 손미경

출판등록 | 1989년 3월 16일 (제406-2005-000047호)
주 소 | 경기도 파주시 문발동 파주출판도시 498-7
전 화 | (031)955-7470 | 팩스 (031)955-7469
홈페이지 | www.booksea.co.kr | 이메일 shmj21@hanmail.net

ISBN 978-89-7483-589-7 03800

이 도서의 국립중앙도서관 출판시도서목록(CIP)은 e-CIP 홈페이지(http://www.nl.go.kr/ecip)에서
이용하실 수 있습니다.(CIP제어번호: CIP 2013000291)

나의
아름다운

죽음을 위하여

고광애 지음

서해문집

"카르페 디엠Carpe Diem!"
나는 지금 내 삶을 누려야겠다, 마지막 '그날'까지.

공자님도 "삶도 아직 모르는데生未知 죽음을 어찌 알겠느냐焉知死"라고 말씀하셨다는데, 하물며 나 같은 사람이 죽음을 말하고 책을 낸다? 그야말로 소가 웃을 일이다. 그래서 소가 웃더라도, 어지간히 웃다 말라고 죽음 존재의 본질이나 그 철학을 감히 논하지는 않겠다.

그저 머지않아 닥칠 것이 확실한 내가 죽어가는 일, '내 죽음'의 현실을 직시해 보려고 했을 뿐이다. 눈 크게 뜨고 들여다보면, 내게 닥칠 그 일이 어떻다는 걸 미루어 알게 될 거라고 생각했다. 이처럼 뭘 알고 나면 그때, 어떤 마음으로 어떻게 처신하다 죽어갈 것인지를 짚을 수 있을 거라는 생각에서 이런저런 죽음의 현장 얘기를 해본다.

그러자니 이 책에서 철저히 배제되다시피 한 죽음 철학이나 내 영성의 빈곤함이 내비치고, 그러자니 내 사람 됨됨이의 얄팍함이 온통 까발려지는 것 같아 민망하고 부끄럽다.

이런저런 연고로 수년을 벼르기만 하다가 겨우 나오는 책이다. 그 옛날 학교 다닐 때 예습을 조금 해가니 어렵기만 하던 미적분이나 물리도 쉬웠던 기억이 났다. 이것이 내게는 곧 닥칠 내가 죽어가는 일을 대비하는 데 안성맞춤이란 생각이 들었다. 어렵기 이를 데 없어서 '영원한 암호'라는 '죽어가는 일'을 예습해 본다는 심정에서 말이다.

죽음을 들여다보니 죽음과 삶은 별개의 것이 아니었다(아니, 그걸 이제 알았단 말이야? 하는 소리가 들려오는 듯하다). 죽음이란 삶에서 또하나의 변화에 불과했다. 우리는 "날마다 삶 속에서 죽고 죽음 속에서 산다." 나의 죽음은 나의 삶이었다. 그러고 보니 이 책은 어떤 책의 후편인 셈이다. 십 수 년 전에 내가 쓴 《아름다운 노년을 위하여》의 후편이란 말이다. 노년기 끝머리에 오는 것이 죽음이니까.

내 삶의 맨 끝머리에 오는 내 죽음의 주체는 '나'여야 한다. 왜냐하면 내 죽음도 내 삶이니까. 내가 내 스타일대로 내 삶을 살았듯이 죽음도 내 스타일대로 죽어야 한다. 죽음이란 '장엄미의 전형'일 수도 있고, '비참의 극'일 수도 있다. 나의 죽음은 '장엄미'까지는 바라지 않더라도 '비참의 극'을 달릴 수는 없다. 그저 '수수하고 조용한 소멸'이고 싶다.

아프니까 사는 거라지만, 밤낮없이 '아프다, 아프다' 하면서 질질 끄는 삶은 질색이다. 아프면서 질질 끄는 죽음을 피하기 위해서 나는 존엄사는 물론이고 안락사까지도 고려한다. 지금은 모르겠지만 마지막에 내 형편이 고약한 지경에 이른다면, 나는 안락사라는 말만 나와도 기겁하는 사람 가운데서 외로이 진지하게 안락사도 고민해볼 것이다.

'90세 사망은 조기 사망'이라고 말하는 장수시대에 우리는 살고 있다. 그 옛날 많은 사람들이 그랬듯이 어느 날, 느닷없이 죽음을 맞아서 느닷없이 죽을 수 있는 시대가 아니다. 현대의학은 '느닷없는 죽음'을 허락하지 않는다. 대개 의식을 잃고 나서도 무의식인 채 고통스런 긴 과정을 거치고 나서야 죽음을 맞는다. 내 스타일대로 내 의도대로 죽고 싶다고 그렇게 죽을 수가 없는 세상이 되었다.

더군다나 "죽어가는 자의 말과 태도는 사람들에게 큰 영향을 미친다. 그러므로 잘 사는 것도 중요하지만, 잘 죽는 것은 그에 못지않게 매우 중요하다. 미련을 버리지 못한 추한 죽음은 잘 살아온 자신의 삶에 상처를 내고, 깨달음을 얻은 의연한 죽음은 이전의 나쁜 삶을 보상해 준다."고 한다. 모르긴 해도 자손들을 줄줄이 거느린 내가 죽음마저 제대로 하지 못하면, 그 모양새가 "영 아니올씨다"다.

톨스토이도 잘 죽으면 잘못 살았던 삶까지 보상해 준다고 했다. 결코 잘 살았다고 할 수 없는 나에게도 인생 9회 말에 역전승할 기회가 있다니, 이 아니 좋은가. 반드시 역전승해야 한다. 이기고 지는 것도 불확실한 연장전까지 치르느라고 힘 빼는 게임은 단연코 사양이다.

"우리 삶의 본질은 우리의 죽음을 가꾸어 가는 지속적인 도전에 있다."고 몽테뉴가 말했다. 하지만 이 지당한 말씀은 20세기 중반부터 의학의 획기적인 발달로 인해 퇴색되고 있다. 죽음 자체가 의학의 표적이 되었기 때문이다. 의학이 죽음에 개입해서 자연스러움을 빼앗아갔다. 사뭇 죽음을 좌지우지하려 들지 않던가. 하긴 요즘은 죽음의 '선발대'라 할 수 있는 노화도 삶에서 제외하고 추방하려는 음모가 자행되고 있다."미하엘 데 리더는데, 죽음에서야 더 이를 말이 없다.

우리는 지금까지 인간답게 살 권리만 부르짖었다. 이제는 인간답게 죽을 권리도 찾아야 하는 것이 시대적 요청이다. 죽어가는 그것을 미문美文으로 치장한 얘기를 피하고 현실을 직시하려고 했다. 죽음에 관한 많은 책들이 죽음을 얼마나 추상적으로, 고상하게 묘사하던가. 그러나 나는 가까이서 보는 처참한 죽음, 그래서 잊으려 해도 더 생생하게 다가오는 그 죽음의 현장에서 일어나는 실제 얘기와 사건을 보고 싶었다. 목을 축이다가도 토하고 싸고, 경련으로 와들와들 떨고, 무서워서 와늘와들 떠는 그 현장을, 아니면 인간이 빠질 수 있는 가장 비참한 상태라는 식물인간에 대해서⋯⋯.

그래서 죽음을 그리고 안락사의 현장을 생생하게 써 내려간 베르트 케이제르의《죽음과 함께 춤을》같은 책을 나는 좋아한다. 그러나 그런 책들은 어떤 전문가도 거들떠보지 않는다. 반대로 가까이 하기 싫은 얘기가 임사체험이다. 임사체험을 한 당사자의 정신 상태가 의심스럽기 때문이다. 그러니까 영계를 자유자재로 오가며 체험한 심령학자 스베덴 보리 류의 책도 별로다.

병 치료에도 실증되지 않은 것에는 쉽게 다가가지 않는다. 심지어 치매 예방법이란 것도 일반적인 건강지침일 뿐이지 않은가. 나는 나쁜 것, 불행한 것을 예쁜 말로 에둘러서 좋고 행복하다고 하는 데 거부감을 갖는다.

늙음도 그렇다. 늙어서는 좋은 것보다 나쁜 것투성이다. 겉모습은 늘어나는 주름살 속에서 미워진다. 해가 갈수록 기운은 빠진다. 무엇보다 기억력, 이해력의 둔함……. 그런데도 늙어서도 좋은 점이 있다는 걸 나는 실증적으로 얘기할 수 있다.

"그 누가 나이 먹는 것이 싫고, 늙어가는 것이 서글프다 했는가. 나이 먹고 늙어간다는 건 얼마나 좋은가." 요렇게까지 멋 부려서 늙어가는 것을 찬미할 수는 없다. 하지만 정신 반짝반짝하고 기억력 좋았던 젊은 시절에 이런 글을 쓰라면, 아마도 석 줄 이상 쓸 건더기가 없었을 거다. 이 책의 모든 것. 지금 나의 모든 것은 나이가, 늙음이 가져다 준 선물이 아니고 무엇이겠는가.

바로크 시대처럼 해부 현장으로 데이트는 가지 않을망정, 누구나 맞을 '나의 죽음', '너의 죽음'을 일상처럼 얘기하면서 지내면 안 될까? 죽음은 삶의 한 부분이고, 죽음은 일상이다. 죽음은 신비의 영역이 아니다. 터부도 아니다. 그러니까 부정해도 안 된다. 그런 죽음을 우리는 왜 입에 올리기를 꺼려할까. 입에 올리기는커녕 사뭇 사위스러워하기까지 한다.

요즘 우리 사회는 웰빙에 이어 웰다잉으로 눈길을 돌리는 사람이 많아졌다. 일찍이 죽음을 공론의 장에 내놓자고 하던 분이 있다. 각당복지재단의 김옥라 이사장은 일찍이 이십 몇 년 전에 〈삶과 죽음을 생각하는 회〉를 만들었다. 나는 창립 때부터 드나들며 죽음공부를 해 온 덕에 이 책을 쓸 밑바탕을 얻었다. 죽음이 지금까지처럼 신비의 너울을 벗고 공론화해야 한다고 한 덕을 톡톡히 본 것이다.

그런데 웰다잉이 퍼지다 보니, 여기서도 영성신학자인 케네스 리치 말대로 현대인의 저주가 찾아왔다. 웰다잉의 본질을 외면하는 그 피상성과 경박성이 죽음을 값싸게 만들고 있다. 오죽하면 정진홍 교수는 "죽음 담론이 범람하는 것이 아니라 유실되는 지경에까지 왔다."고 경고하겠는가.

죽음을 말하는 것을 자기 노후여가용 정도로 취급해서야 되겠는가. 목숨을 건다는 경지까지 가는 실존적 고뇌를 통해서 내재화된 죽음 담론의 장이 나오기를 희망한다.

일생을 안일하고 게으르게 살았다는 말을 듣는 내가 나이 일흔다섯에 이 무겁고 어려운 주제로 책을 쓴다는 게 영 주제넘어 보였다. 늙어서는 때 맞춰 은퇴해야 한다고 주장하던 내가 이 무슨 아집 혹은 명

예욕으로 이 책에 매달려 있단 말이냐, 하는 의구심에서 몇 번이고 집어치우기로 마음먹었다. 그렇게 마음먹은 날이면, 으레 이런 뉴스가 나온다. 최인호 작가는 스물 몇 번의 항암치료 중에도 1300매 원고를 단숨에 썼다는 ……. 그럼 난 "그 사람만큼 재능이 없는 사람이니까" 하다가도 재능을 떠나서 그 결의와 성실성 그리고 인내심에 숙연해져서 나도 나잇값을 해야 하지 않을까 하는 생각에 다시 자판기 앞에 앉게 된다.

나와 동갑인 37년생 시오노 나나미는 방대한 《로마인 이야기》를 쓴 것만으로도 남들 한평생 할 일을 다한 사람 같다고 생각했다. 그런데 웬걸, 다시 《십자군 전쟁 이야기》를 써냈다는데 나 자신이 앞으로 그리고 반드시 겪을 일을 대비하는 그것 하나를 가지고 이리 엄살을 떨다니……. 엄살 작작 떨고, 자꾸만 게으르고 싶고 편하고 싶은 유혹 좀 떨치고, 몸의 운동뿐 아니라 정신의 운동도 열심히 한다는데 하고 나를 달랬다. 지금은 100세 시대라는데, 일흔다섯이 뭐 대수라고? 하면서 나는 나를 다졌다. 그 옛날 일연스님은 돋보기도 없었을 텐데, 일흔에서 여든에 걸쳐 《삼국유사》를 썼대더라, 내 자신에게 타일러 가면서.

거기다가 서해문집의 강영선 이사는 내게 어떤 부담도 준 적이 없으면서도 수년을 끈기 있게 나로 하여금 글을 쓰게 만드는 이상한 마법을 걸어왔다. 그렇다. 마법에 걸리지 않고서는 나처럼 게으른 여인네가 할 수 있는 주제는 아니었다.

언젠가 배우 박신양이 얘기한 건데, 배우가 연기할 때 감정이입을 위해서 그 역할에 빠져 들어간단다. 역할이 끝나도 그 역할에서 빠져나오지를 못하는 학생들을 대학 연영과에서는 사뭇 때려주기까지도 한단다. 정신 차리라고. 나도 배우처럼 빠져나올 수 없을 만큼 감정이입을 하지는 않았지만, 지난 한 해 앉으나 서나 죽음 얘기에 빠져서 살았다. 누가 때리기 전에 나도 어서 죽음의 역할에서 빠져나와야겠고, 마법에서 벗어나야겠다. 왜냐하면 나는 아직도 살고 있으니까.

피터 드러커는 일흔여섯부터 여든여섯 사이가 자유롭다고 했다. 나 자신 예순이 지나고부터 걱정이 줄고 무서운 것이 없어졌다. 나는 나를 찾아 행복했다. 나는 노후의 삶을 얘기했고, 이제 죽음으로 내 얘기를 마감해야겠다.

하와이주립대학교 미래학 센터의 짐 데이토 교수는 여든일곱이 '신

체가 좋은 상태를 유지할 수 있는 마지막 나이'라고 했다. 데이토 교수
의 말대로라면 나는 아직 십 수 년이 남았다.

"카르페 디엠Carpe Diem!" 나는 지금 내 삶을 누려야겠다. 마지막 그
때가 찾아올 '그날'까지.

차례

1장

아니,
내가

죽는다고?

나, 고광애!
웰다잉을 안다?

최근에 내가 새로 참석하게 된 모임이 있다. 〈한국골든에이지포럼(생명윤리정책연구센터)〉이라는 곳이다. 이 모임은 "당하는 죽음에서 맞이하는 죽음"을 모토로 하고 있다. 이왕 죽을 거, 억지로 죽음이라는 걸 당하기보다는 준비해서 죽음을 맞자는 취지의 모임이다. 지당한 말씀이다. 강의도 하고, 포럼도 열고, 실제로 유서나 사전의료지향서를 써보게 한다.

어디 그뿐인가. 1991년부터 그러니까 20년째 나는 〈삶과 죽음을 생각하는 회〉에 드나들고 있다. 그 회에서 파생된 죽음독서회에도 꼬박꼬박 나간다. 아, 또 있다. 〈한국죽음학회〉에도 나가봤다.

이처럼 나는 죽음을 알고 죽음과 친해지려는 노력을 꾸준히 해왔고, 지금도 하고 있다. 요즘 인생 100세 시대라고 떠드니까, '때는 이때다'라는 듯이 정작 죽을 나이에 이른 사람들까지도 죽음을 가능한 한 멀리 떼어놓고, 죽음의 사고를 회피하고 있다. 요즘은 숫제 죽음의 선발대라할 수 있는 '노화'까지 추방하려고 드는 판에 "뭐, 할 일이 없어 기분 나쁜 죽음 얘기를 찾아다니느냐"고 핀잔깨나 들이었던 터나.

자, 이쯤 되면 아무리 늦되고 미련한 고광애라는 사람이라도 죽음, 그것 하나는 잘 죽을 준비가 철통같이 무장되어 있어야 할 거다. 그런데 그게 말이다, 막상 '너 죽는다'고 내 코앞에 죽음이 실제로 밀고 왔을 그때, 나는 과연 그동안 천착하고 배운 대로 잘 죽으려나? 소위 웰다잉을 이루려나? 죽음이 아직 내 코앞에 오지 않았는데 그리고 죽어보지도 않았는데, 나는 잘 죽을 수 있다고 장담할 수 있을까?

아니면 지금까지 배워온 잘 죽는 법은 어디로 팽개쳐버리고 어떻게든 더, 조금 더, 살아보겠다고 기를 쓰려나? 그것도 단말마의 고통 속에서 온갖 추태 아닌 추태를 부려가면서 살아보겠다고 몸부림치려나? 솔직히 좀 찔리는 구석이다. 이상하게도 죽음이 가까워 올수록 즉 나이 먹을수록 지금까지 배운 대로 잘 죽으려나 하는 의구심이 늘어나는 것은 웬 일? 은근히 불길하다.

"오래 살고 싶지 않다고?"

날마다 시시때때로 사람들이 죽어간다는 사실은 우리 삶의 일상이 되었다. 날마다 뉴스에서 사람들이 죽었다는 소식은 하루도 빠지지 않고, 쉼 없이 전해 온다. 더구나 일흔이 넘고 보니, 가까운 친구들의 부고가 심심찮게 날아온다. 그런데 이상하다. 친구의 주검을 두고도 젊었을 적 모양, 날카로운 놀라움이나 슬픔이 덜하다. 그저 그렇다. 덤 덤하다.

천안함이나 연평도에서 사람들이, 그것도 새파란 젊은이들이 죽었다는 소식에 우리는 다 같은 마음으로 아파한다. 사실 인간의 삶과 죽음도 지구의 입장에서 보면 호흡처럼 자연스러운 일인지도 모른다. 그래서 그런가? 우리는 그런 죽음이 곧 '남의 일'이 되어 버리지 않았던가. 이 많은 각양각색의 죽음을 날마다 대하는 우리는 죽음에 대해 무감각해졌다. 죽음은 일상이 되었고, 현실이 된 것이다.

그래서 "모든 사람은 죽기 마련이다. 그러나 내 경우에는 그것이 예외일 것이라고 믿었다."라고 생각하는 사람이 어디 미국의 소설가 사로얀뿐이랴. 내남직없이 의식적으로든 무의식적으로든 내게만은 '아직' 죽음이 닥치지 않을 거라고 막연히 치부하고 살고 있는 것은 아닐까.

기분 나쁜 '그것'은 멀찌감치 밀어 놓고, 보지 않고, 생각하지 않고, 무심하니 사는 게 아닐까. 더구나 100세 수명이라니! 죽음 같은 것은 먼 먼 얘기라고.

그래서 E. 베커는 "우리는 죽을 운명이라는 것을 객관적으로 알고 있지만, 이 엄청난 진실을 회피하기 위해서 온갖 획책을 다 한다. 죽음을 예상하는 것은 끔찍하니까. 죽음의 부정이야말로 분명의 생존전략이니까."라고 《죽음의 부정》이란 책에서 딱 잘라 말해주고 있다. 프로이트는 제1차 세계대전이 임박했을 때 쓴 글에서 "타인이 죽어가는 것을 지켜보면서 우리는 스스로 생존자가 되고, 그런 생존은 우리 자신의 불멸감을 강화시킨다."라고 했다.

하지만 어쩌랴. "삶이란 죽어가는 과정"이라고 우리의 위대한 선인, 쇼펜하우어께서 갈파하지 않았던가. 한 걸음 더 나아가서 "삶은 죽음으로 완성된다."고 릴케가 결론을 내려주었다. 아무리 선현들이 일러주어도 우리는 삶에의 의지 때문에, 살고 싶어서, 삶에 매달린다.

죽음회 회원이자 호스피스 봉사자들 말에 의하면, 죽어가는 사람 열이면 열 거의 모두 더, 조금 더 살고 싶어 한다. 더 살고 싶어 하는 의지가 하도 강해서 그 의지가 우리의 '진정한 운명' 즉 죽음을 포용하고 받아들이지 못하게 압도하고 있는 게 아닐까.

그러나 보통 사람들은 자기가 살고 싶고, 죽기는 싫다는 속내를 잘 드러내지 않는다. 아니, 드러내지 않는다기보다는 대체로 '자기 최면'에 빠져 "나는 오래 살고 싶지 않아."란 말을 코에 걸고 산다. 요즘은 100세 시대라니까 유행어 한 가지가 더 늘었다. "이러다가 재수 없으면 백 살까지 살까 봐" 사뭇 겁난다고 한다. 어디서 어디까지 진정이고, 어디서 어디까지가 멋 부리기 코멘트일까.

우리 속담에 "노처녀 시집가기 싫다는 것과 노인네가 죽고 싶다는 소리는 거짓말"이라고 했다. 내 생각에 이 속담은 진짜 같다. 여기서 노처녀 얘기는 빼고, 노인이 죽고 싶다는 말을 어떻게 받아들일까. 나 자신 한국 나이로 76세니까 아무리 신인생 주기*로 따져 봐도 노인이다. 나 자신 이처럼 확실한 노인인데도 '노인이 죽고 싶다'의 허실을 나조차도 한마디로 잘라 말할 수 없다. 남의 죽음 아닌, '나의 죽음'을 받아들이는 행태가 하도 극과 극을 달리니 이 두 극단을 다 돌아봐야 내가 죽음을 대하는 태도의 윤곽이 잡히지 않을까.

---

*신인생 주기 : 미국 맥아더 재단에서 제정한 인생 주기. 1세~25세 교육기, 25세~50세 청년기, 50세~75세 중년기, 75세~ 노년기

진실보다 생명을 원했던 여인

지지난해 1월 "만성골수성백혈병 환자를 위한 치료제 2개가 한꺼번에 식품의약품안전청으로부터 1차 치료제로 승인을 받았다."라는 한 일간지 기사를 읽으면서 나는 뜬금없이 수전 손택을 떠올렸다.

수전 손택이 누구인가. 아는 분들은 알겠지만, 그녀는 미국 지성계의 핵과 같은 존재였다. 에세이 작가, 소설가, 예술평론가, 연출가 등으로 미국에서 '대중문화의 퍼스트레이디', '새로운 감수성의 사제', '뉴욕 지성계의 여왕'이라고 일컬어지던 여성이다.

지성에 빛나던 이 여성이 어떻게 죽음을 맞이했던가? 아니, 수전은 끝까지 죽음을 맞이하지 않았다. 나는 결코 암으로 죽어갈 사람이 아니다, 암으로 죽어가는 것은 다른 사람의 이야기라고 믿었던 그녀였다. 죽음을 맞이하기는커녕 끝까지 죽음을 막고 또 막으면서 죽어갔다.

수전은 현대과학을 종교처럼 신뢰했다. 대부분의 질환을 정복할 치료법을 현대과학이 찾을 것이라는 간절한 가정에 기대 죽음을 극복하려고 했다. 치료가 절망적이고 죽음 말고는 아무것도 바랄 수 없던 그때도 수전은 우선 병의 완화 혹은 진정상태가 되기를 바랐다. 병을 완화시켜놓고 이럭저럭 2년쯤 버티다 보면, 그 사이에 반드시 새로운 치료법이 개발되리라는 희망을 한시도 놓지 않았다. 새로운 치료법이 나오면, 이것으로 또 얼마를 버티고 살다보면 더 발전된 치료약이 개발되어 병이 낫기를, 이런 상태가 지속되기를 얼마나 열망했던가? 어떤 식으로든 자기는 죽음을 면제받는 예외의 존재가 될 거라고 믿어온 수전이었으니까.

신문기사대로 백혈병 치료제가 두 개씩이나 새로 나왔다는 뉴스를 수전이 보았다면 얼마나 기뻐했을까. 미래가 모든 것이고, 사는 것이 모든 것이고, 글쓰기로 돌아가는 것이 모든 것인 수전에게 신약 개발이란 바로 구세주, 그 자체였을 거다(구세주란 말을 일반명사처럼 쓰고 보니 쓴웃음이 난다. 수전은 구세주 같은 건 인정하지 않았다).

수전 손택은 2004년 3월 세 번째 암 선고를 받고, 그해 12월에 세상을 떠났다. 이 9개월간의 투병기간을 수전의 외아들인 데이비드 리프가 《죽음의 바다에서 헤엄치기》《어머니의 죽음》으로 번역되어 있다라는 책으로 펴냈다.

1975년, 그러니까 29년 전 42세 때 수전은 림프절 17마디까지 퍼진 유방암 말기 판정을 받았다. 그때도 수전은 절망적인 상태였다. 하지만 파리에 있는 암 전문의가 내린 "당신의 상황이 가망이 없다고는 생각지 않습니다."라는 한 줄짜리 소견에 의지해서 기나긴 수술과 치료를 받고 죽음을 막았다. 죽음을 막았을 뿐 아니라 무엇인가를 성취하기까지 했다. 투병 중에 책 두 권을 썼고, 그 중 한 권인《인 아메리카》는 1999년 전미국도서상을 받았을 정도다.

6년 전에는 자궁육종암을 앓았다. 이때 받은 화학치료 때문에 백혈병이 발병했을 것이라는 결론이 혈액검사와 골수생검 결과에서 나왔다. 29년이 흘러서 다시 백혈병에 걸렸다는 것이 무엇을 의미하는지는 보통사람인 우리도 짐작할 수 있다. 사실 이때 수전의 아들인 데이비드는 다시 그런 모험을 할 수는 없었다고 고백했다. 그렇지만 어머니 앞에서 죽음에 관해서는 한 마디도 할 수 없었고, 거의 마지막 순간까지 살 수 있다거나 투병 이야기만을 마치 가부키 가면을 쓰고 하듯 했단다. 백혈병 진단 이후 수전은 '진실'보다는 단순히 '생명'을 원했기에 그럴 수밖에 없었다고 했다.

친구들까지 동원해서 수없이 검색을 해대고 어려운 의학 정보를 아무리 해석해 보아도 희망의 싹이 있는 정보는 없었다. 그런 가운데도 수전의 목표는 여전히 살아남는 것이었다. 치료불가 판정을 받은 순간부터 죽을 때까지 그 목표는 한 번도 수정되지 않았다.

수전의 아들 데이비드는 어머니가 두 차례나 암을 이겨낼 수 있었던 것, 또 그 병을 이겨낸 것이 어떤 통계의 우연이나 생물학적 요행이 아닌, 수전 자신이 '특별하다'는 느낌 덕이었을 것이라고 했다. 자신이 '특별하다'는 믿음은 예술가한테서 흔히 볼 수 있는 바로 그런 자의식이었다. 그런데 마지막 수술을 받을 즈음 "내 생전 처음으로 내가 특별하게 느껴지지 않는구나."라고 말했단다.

수전의 무신론은 죽는 순간까지도 바위처럼 단단했다. 수전은 우리 사회에서 만연한 어떤 기도발 같은 위로나 종교적 해탈 같은 얘기를 하는 친지들에게는 "별 해괴한 소리를 다 듣겠네. 내 유전자가 어떻게 생겨먹었는지도 모르면서……."라며 면박을 주었다. 이처럼 수전은 암에 대한 선정적인 낙관주의를 경멸했다.

그랬는데도 수전은 낙관주의의 힘을 믿었는가? 스포츠에 무관심했던 그녀가 암을 극복하고 챔피언 자리에 다시 오른 미국의 프로 사이클 선수 랜스 암스트롱에게 관심을 가졌다고 한다. 어머니와 암스트롱은 어느 하나 공통점이 없었지만 병 즉 암에 대처하는 생각이 그렇게 닮을 수가 없었다고 수전의 아들은 회상했다.

"나쁜 소식을 무시하면서 어떻게든 힘을 잃지 않고 계속 싸울 수 있었다는 것, 무엇보다도 계속 글을 쓸 수 있었다는 것은 어머니도 인간이라는 표시였다. 하지만 조금 깊이 들여다보면, 어머니처럼 죽음을 두려워하던 사람에게 이런 적극적 부정은 죽음 자체를 부정하는 것이었다는 생각이 든다."

끝내 수전은 뉴욕에서 대륙을 가로지르다시피 해서 시애틀로 간다. 시애틀 워싱턴 병원에서 성체줄기세포 이식수술을 받고, '고통의 고위 학위과정'을 거쳐 죽음에 이른다.

삶을 지속하는 것, 어쩌면 이것이 어머니가 택한 죽음의 방식이었을 지도 모른다고 아들은 고백하고 있다. 마지막까지 죽음을 생각하지 않고 미래를 위해 싸우는 그것도 어머니의 방식이었고, 권리였다고 하니 이 말에 뉘라서 토를 달 수 있겠는가.

그래서 아들은 세 번째 암이 생겼을 때 죽을 수도 있다는 사실을 묵살하는 어머니의 태도를 막기는커녕 자기도 부추기고 지지한 태도가 과연 옳았는지를 자문하고 있다. '사랑하는 이의 딜레마'의 변형일 수도 있다고 했다. 답을 알 수 없는 살아남은 자의 물음이라고 했다. 사실 이런 분위기 속에서 뉘라서 냉혹하게 사실을 말할 수 있을까? 그야말로 살아남은 자의 물음이다.

내가 원하는 건, 물론 진실

지난 20여 년 간 죽음의 공포를 넘어서서 죽음을 맞이하자는 목적으로 공부와 훈련을 해왔다고 할 수 있는 나 자신은 어쩔거나. 지금 당장 죽는다고 하면, 나는 지금까지 배워온 대로 흔쾌히 죽음을 맞이하는 그런 효력을 발휘할 수 있을까?

호스피스 봉사자들에게 물어봤다. 그들 대부분의 경험담은 그랬다. "거의 모든 사람들에게 죽음에 대한 공포는 그 무엇보다도 강했고, 그 무엇으로도 위로할 수 없었다. 무조건 살기를 원했다."

수전을 치료한 의사들도 똑같지는 않았다. 수전에게 의사로서 해줄 수 있는 모든 것을 해주고 마지막까지 상담한 나이머 박사 같은 분이 있었다. 결코 사실을 거짓으로 치장하지 않으면서도 수전을 위로했다. 한편으로는 말기환자 개선운동의 선구자인 마이어 박사도 있었다. 이 분은 나이머 박사와 다른 의견을 냈다. 수전과 같은 경우에 계속되는 치료는 ①도움이 될 가능성이 없다. ②해만 끼치고 부작용만 생길 것이다. ③공공자금만 축낸다는 주장이다. 우리나라 의료현실에서 되새겨봐야 할 지점이다.

수전은 진실보다 생명을 원했다. "그럼, 나는?" 나는 지금, 생명보다 진실을 원할 것 같다. 진실 속에서 내 생명의 현실을 직시하고 싶다. 마이어 박사의 주장대로 ①가능성이 없는 상태에서 수전 같은 고통을 감내할 인내심이 내게는 없다. 현실적으로도 우리나라에 나이머 박사

같은 의사가 있어서 무명의 나를 위로해주고 지탱해줄 가능성도 없을 것이다.

②고통을 겪는 사이에 내 몸은 후패해져 갈 것이다. 수전도 성체줄기 이식수술을 받은 후에는 육체적인 존엄성이 후패해져 갔다고 했다. 나는 내 외관이 그렇게까지 되는 것을 원하지 않는다. 목숨이 왔다 갔다 하는 판에 웬 배부른 소리?

또 있다. 수전의 아들이 쓴 책은 한마디로 아들의 고뇌, 후회, 갈등 등을 다룬 기록이다. 어머니가 돌아가신 지 3년이 되는 시점에서도 '어머니의 죽음의 바다'에서 헤어나지를 못하고 있었다. 나는 내 자식들이 내 죽음의 바다에서 빨리 헤엄쳐 나오기를 바란다. 그러기 위해서는 불치라는 진단을 받으면, 급하게 정말 급하게 희망을 놓아버릴 거다. 제발, 마지막에도 이 마음이 변치 않기를……

③공공자금만 축낼 뿐 아니라, 우리 집안의 경제 상태를 망쳐 놓을까 저어된다. 또 있다. 수전은 "죽음을 막았을 뿐 아니라, 무엇인가를 성취하기"까지 했다고 한다. 나는 수전처럼 '저항 정신과 야심 그리고 의지'로 다져진 뒷심이 없는 사람이다. 내 본래 기질에다가 내 어머니의 유난스런 보호를 일흔 살까지 받고 살아왔다. 그 결과 나란 사람은 유약하고 우수하지 못하다. 잠이 조금 부족해도, 감기 기운만 있어도 나는 무

얼 성취하기는커녕 누어서 버둥대기만도 버거워하는 엄살쟁이다. 죽음
이란 긍정적이고 적극적으로 처리해야 할 과제인데도 난 그럴 거다.

그럼 수전과는 정반대로 자기 죽음을 맞이해서 소위 아름다운 죽음
을 '산' 사람들은 어떻게 하면 그리할 수 있었을까.

죽어보지도 않았는데...........

나는 잘 죽을 수 있다고 장담할 수 있을까?
아니면, 지금까지 배워온 잘 죽는 법은
어디로 팽개쳐버리고 어떻게든
더, 조금 더, 살아보겠다고 기를 쓰려나?
그것도 단말마의 고통 속에서
온갖 추태 아닌 추태를 부려가면서
살아보겠다고
무슨 몸부림 같은 짓을 하려나?
솔직히 좀 찔리는 구석이다.
이상하게도 죽음이 가까워 올수록
즉 나이가 먹을수록 지금까지 배운 대로
잘 죽으려나 하는 의구심이 늘어나는 것은
웬 일?
은근히 불길하다..........................

차근차근 맞이하는
죽음

"늙음의 수용은 가장 좋은 죽음으로 가는 준비이며, 죽음의 수용은 또한 가장 뛰어난 죽음의 준비가 된다." 스위스의 정신의학자 트르니에는 이렇게 말했다.

나는 중년이 될 때까지 죽음을 보지 못했다. 아, 물론 나는 나와 상관없는 물화物化된 죽음은 날마다 만나면서 살아왔다. 소녀시절에 6·25를 겪으면서 수없이 많이 본 죽음은 모윤숙의 시 '국군은 죽어서 말한다'에 나오는 국군 오빠의 아련한 슬픔 속 죽음 정도였다.

30대 말이었다. 세상일에 어두운 내게 도움을 주던 사람이 어느 날, 갑자기 죽어간다고 했다. 문병을 간 내게 그 사람은 말했다. 며칠 누어서 지내보니 이렇게 심심할 수가 없는데 이다음 늙어서는 지루해서 어찌 살아야 하려나⋯⋯. 오래 살면 심심할 걸 걱정하는 사람이 두 달도 안 돼서 죽는 것을 보고 나는 충격을 받았다. 너무 급해서 뭐가 뭔지도 모르고 죽어간 40대 남자의 죽음에 나는 맞닥뜨린 것이다. 물화된 타인의 죽음이 아니라, 의지하고 좋아하는 사람의 죽음을 내가 만났다.

아, 내 아버지!

그 후로 나는 내 주위에서 물화된 죽음이 아닌 실제 죽음을 연속해서 겪으며 살았다. 가장 먼저 아버지. 아, 내 아버지의 죽음이 이어졌다. 두고두고 생각할수록 내 아버지는 의연하게 아름답게 죽음을 맞았다. 이렇게 말하면 내 아버지가 뭐 유명한 사람이겠거니 하겠지만, 내 아버지는 그렇게 훌륭하거나 유명한 사람이 아니었다. 배움이 많은 사람도 아니지만, 열심히 그리고 욕심껏 돈 벌어서 내 식구 건사하고, 자식들 가르치고, 당신 형제를 도와가며 사시던 그저 평범한 가장이었다.

　어느 해 초가을, 아버지는 나와 함께 냉면집에서 냉면을 먹고 산책하면서 이렇게 말씀하셨다. "손주 녀석이 덥석 안겼을 때 가슴이 울렸나?

어째 가슴이 아프고 머리가 띵하다." "그럼, 우리 한번 병원에 가 보십시다." 그 길로 아버지는 입원-퇴원-명상을 석 달여 하시다가 죽음을 맞았다.

1970년대만 해도 암은 본인에게 절대 비밀이었다. 따라서 누구도 아버지에게 '암'이라고 알려드리지 않았지만, 뭔가를 알아버린 분처럼 서서히 단계를 밟아가듯이 차근차근 죽음을 맞이하셨다. 스코드 니어링처럼 유식하지도 않으셨건만 어찌 아셨나? 퇴원하고 나서는 링거도 꽂지 못하게 하셨다. 끓인 보리차만 드셨는데, 어느 순간 보리차가 떨어졌다는 것을 아시고는 '목욕통에 받아 놓은 물'을 그냥 가져오라 하셨다(1970년대 불광동 지역엔 24시간 내내 수돗물이 나온 건 아니었다). 목마른 것만 면하면 됐지, 소독 안 된 물이 뭐 대수냐? 라고 하실 때 우리는 화들짝 놀랐다. 시골 본가에 갔을 때, 더러운 행주를 보시고는 주발에 담긴 밥을 가운데만 파서 드실 만큼 위생과 청결을 챙기던 분이…….

웰다잉이란 단어가 없었고, 알지도 못했을 그래서 나처럼 웰다잉을 떠들지도 않으셨건만, 아버지는 어느 순간부터 링거를 비롯한 일체의 의료행위를 거절하셨다. 통증 완화만 받아가며, 가족들과 화기애애하게 지난 시절을 얘기하며 지냈다. 친지들이 병문안 온다는 연락을 받으면 아버지는 양치질을 새로 하고, 방안 앞뒷문을 열게 했고, 오신 분들께는 당신한테서 멀찌감치 떨어져 앉게 했다. 그때가 12월이었다.

당신의 수발을 사랑하는 마나님에게도 딸들에게도 시키지 않았다. 시골에 사는 당신 동생(나의 삼촌)을 불러서 시켰다. 그리고 우리가 모르는 당신의 어린 시절 추억을 동생과 나누었다. 내 어머니나 자식들 누구에게도 하다못해 아버지 대소변 한 번 보여주지 않으셨다.

가을볕이 화창하던 어느 날, 아버지는 다동에서 냉면을 먹고, 산책하듯 걸어서 저동에 있는 백병원에 갔다. 그리고 석 달 후 함박눈이 펄펄 날리던 날에 "악" 약하게 신음하듯 내뱉으셨다. 그리고 끝이었다. 내가 아버지 이마를 만졌을 때, 이미 차가운 물체가 되어 있었다. 그 순간 이후, 내 아버지는 내내 부재不在해 왔다. 시몬느 드 보바르가 죽음이 괴로운 것은 '부재' 때문이라고 했듯이.

어떻게 초연할 수 있었을까?

지금 생각해보면, 내 아버지는 스코트 니어링 같은 철학자도 아니었다. 더구나 엘리자베스 퀴블러 로스의 '죽음의 5단계'*같은 건 알지도 못한 덕분인가? 죽지 않겠다고 죽음을 거절하거나 당신 죽음에 노하는 단계도 거치지 않았다. 조건 없이 죽음을 받아들였다.

　자신의 죽음 앞에서 우울해하기보다 죽음을 고요히 명상하셨다고 나는 생각한다. 그저 평범한 가장이던 나의 아버지가 어떻게 그렇게 의연하게 죽음을 맞이할 수 있었을까. 내 아버지는 물론 훌륭한 인격자도 아니었고, 평균보다 욕심이 많다고 아니 할 수 없는 분이었는데……. 어떻게 귀한 당신 목숨에 그렇게 초연할 수 있었단 말인가.

　욕심, 하니까 또 생각나는 분이 있다. 내 친구의 어머니다. 비록 종교는 갖고 있었지만, 어찌나 욕심덩어리인지 일가들이 돌려놓은 분이었다. 딸의 친구들이 모여서 노는 모습도 그냥 못 보고, 반드시 그 가운데로 끼어들던 분이었다. 그런 분이 일흔, 많지도 적지도 않은 연세에 (1970년대 정서는 그랬다) 죽음을 조용히 받아들였다. 간호하는 딸에게 미안해하고 딸 친구들이 병문안 가면 곱게 옷을 갈아입고 맞아주셨다. 물론 평소 종교생활을 하던 내공(?)이 마지막에 빛을 발했나, 목

---

* 죽음의 5단계 : 사람들은 죽는다는 선고를 받으면
　1단계: 내가? 왜 하필 내가?
　2단계: 분노, 내가 왜 죽어야 하나?
　3단계: 타협, 언제까지 죽음을 유예해 달라.
　4단계: 희망이 없을 것 같으면, 우울 단계로.
　5단계: 죽음을 수용 한다.

사님의 찬송과 기도 속에서 가셨다.

이름만 대면 모두 알 수 있는 유명 종교인이자 우리 시대의 멘토 같던 분이 죽음에 매달리더란 소식을 들으면서, 참 나로서는 불가사의한 일이 아닐 수 없었다.

그러고 보면 우리 옛 어른들은 어느 나이가 되면(아마 쉰 쯤) 당신의 묏자리를 보러 다녔고, 아낙네들은 윤달에 맞춰 당신들이 죽어서 입을 상복을 미리미리 지었다. 정성스레 만들어 놓은 상복을 철이 바뀔 때면, 바람을 쐬워 주면서 이분들은 무엇을 생각했을까? 하이데거가 말씀한 "죽음은 인간 존재의 구조 속에 속한다."는 철학적 명제를 이미 깨닫고 있었던 걸까? 그랬기에 그처럼 죽음을 심상하니 받아들일 수 있었나 보다.

하긴 유럽에서도 그 옛날에는 사람들이 공동체 안에서 평온하고 고요하게 죽음을 맞이했다고 했다.필립 아리에스, 《서구세계의 죽음의 역사》 "삶은 죽음으로 완성된다."는 릴케의 시 구절을 따라서 당신 삶을 완성하려고 죽음을 당연하게 맞았단 말인가. 아무튼 "죽음도 삶의 현실"임을 우리 선조들은 확실히 인식하며 사신 건 확실하다. 우리의 영혼 혹은 우리의 우뇌가 여러 해 전부터 죽음을 대비해오다가 때가 차면 본능적으로 죽음을 그저 받아들인다더니, 정말 그런가? 그래서 농익은 과일 맛이 나는 노인들을 보면 죽음을 예감하는 일이 불안한 삶에 지장을 주기는커녕 오히려 "요지부동의 기쁨" 속에 살게 한다던 말은 진실인가 보다.

나는 경계인이다

요즘 사람들은 어떠한가. 수전 손택처럼 죽음을 받아들이지 않겠다는 게 대세가 아닐까. 시골 아낙네들도 서울 큰 병원에 '가면 산다'는 인식이 팽배해 있단다. 사실 현실도 그렇다. 불과 20년 전만 해도 암=죽음이라고 생각했다. 지금은 암의 완치율(5년 이상 생존율)이 52퍼센트, 몇 가지나 되는 암을 관리하며 살아가야 하는 암과의 평화공존율도 꽤 높다고 한다. 혈관성 병은 늦지 않게 그야말로 '큰' 병원에만 가기만 하면, 혈관 넓히고 뚫기란 막힌 하수도관 뚫는 것보다 더 쉬운 병이 되었다. 이제 고혈압이니 당뇨니 하는 병들은 치료가 아닌 관리 대상일 뿐이다. 다 망가져 굳어버린 간이나 제 구실을 못하게 된 신장 같은 장기를 갈아 끼우는 의술은 문제도 안 된다. 간을 이식하고도 TV에 날마다 나오는 사람을 볼 수 있는 게 요즘 현실이다. 내가 출석하는 모임의 장은 아흔 몇이지만, 신장암 수술을 받고도 거뜬히 여러 일을 해낸다.

요즘 사람들이 옛 어른들처럼 심상하니 죽음을 받아들이지 못하는 이유는 자명하다. 수전 손택처럼 과학 내지 의학을 과신하는 데 있다고 나는 단언한다. 의학의 발달이 지향하는 지점을 사람들은 미리 바라보며 희망의 끈을 놓지 않는다. 희망은 죽음을 받아들이는 데 걸림돌이 되었다. 삶에의 의지 때문에 우리의 '진정한 운명'인 죽음을 포용하지 못한다. 두려움 속에서 수동적으로 수용하는 정도랄까.

그럼 나는, 70대인 나는 어떠한가. 죽음을 공부한 사람으로서 옛 어른처럼 죽음을 받아들여야 한다는 명제에 매달려 왔다. 동시에 나는 의학의 발달을 외면할 만큼 과학을 무시하는 사람도 아니다. 그럼 나는 스코트 니어링이나 랜디 포시*나 내 아버지처럼 죽음을 내가 명명한대로 '명상인'답게 맞이할 것인가? 성체줄기세포를 이용해서라도 죽지 않고 살아내야 하는 '문명인'다운 삶을 살거나?

인간 개인의 삶이 다양하고 특별하듯이 개인의 죽음도 각각 다양하고 특수하다. 모든 인간이 죽는다는 사실은 보편적이지만, 각자 개개인이 경험하는 죽음의 특성과 형편에서는 특수한 사건이다. 요즘처럼 개인주의

---

*랜디 포시 : 카네기멜론대학 교수였다. 췌장암으로 사망하기 전, 마지막 강의 '당신의 어릴 적 꿈을 진짜로 이루기'가 큰 감동을 주었다

가 팽배한 사회에서는 '소외된 죽음'으로 남기 쉽다. 그래서 고독사니 심지어는 백골이 된 뒤에 노인의 주검을 발견하는 일도 일어나지 않는가.

　나는 명상인과 문명인 틈바구니 사이 어중간한 경계선상에 있다. 여기서 이쪽 길? 저쪽 길? 어쩔 줄 몰라 하는 경계인이다. 어느 길로 가야 할까. 때는 임박해 오는데…….

천수를 누린
죽음

죽음이 찾아오는 것은 가장 확실한 가능성이다. 나는 머지않아 죽음에 맞닥뜨릴 것이다. 이 사실은 실증이 가능하다. 실증 가능한 사실이기에 나는 지금, 죽음에 천착하고 있다.

죽음이란 단순한 삶의 종말이 아니라, 삶의 실상을 개시하는 사건이라고 한다. 어차피 인생이란 '지상에서 하늘로 향해 가는 하나의 여행'이라니까, 죽음이란 여행 끝머리쯤에 오는 것 아닐까.

카르마(전생의 업)에 의한 억겁의 '사후 생', 그 시작과 끝을 나는 상상할 수가 없다. 생각하기 싫고 배우고 싶지도 않다. 아무리 생각하고 아무리 공부해 봐도 실증이 불가능한 주제이기 때문이다. 거기에 몰두하다가 이상한 곁길로 빨려들지도 모른다는 생각이 들어서 나는 '사후 생'에는 일부러 눈길을 주지 않고 있다.

여한 없이 살다 간다

9988234란 말이 회자되고 있다. 나는 유행처럼 써지는 이런 종류의 말을 좋아하지 않는다. 그 말이 내포한 표현의 적나라함과 천박함 때문이다. 그런데도 나는 요즘 들어 9988234란 말이 진리에 가깝다고 느낀다. 9988234 즉 99세까지 팔팔하게 살다가 마지막 2, 3일 동안 앓다가 사死 즉 죽는다는 얘기다. 실제로 100세를 바라보는 노인들이 조금도 죽을 것 같지 않게 천연스레 살다가, 진짜로 마지막 며칠을 '병의 압축(Compression of morbidity)'이란 말대로 한꺼번에 몰려드는 병들로 인해서 바로바로 죽어가는 것을 봐 왔다. 더 나아가서 한 며칠 누어서 주무시다가 가는 어른들을 심심치 않게 뵐 수 있기 때문이다(실제로 내 어머니가 93세에 이렇게 돌아가셨다).

이같이 편하게 9988234 공식대로 죽는 사람에게 지금 내가 말하는 얘기는 그야말로 공허하게 울리는 꽹과리 소리만도 못하리라. 하지만 어찌 사람들 모두 9988234대로 죽기를 바랄 수 있으리오. 9988234를 살기는커녕, 더 많은 사람들이 꽃다운 나이부터 70후반까지 예상치 못하게 뜻밖의 죽음과 맞닥뜨리지 않던가. 뜻밖의 죽음과 맞닥뜨릴 그때, 몸과 마음으로 겪는 고통과 갈등이 극한점에 달하지 않던가. 그 고통과 갈등이 오죽했으면, 천하보다 귀하다는 목숨을 놓고 존엄사니 안락사를 떠올리지 않을 수 있겠는가.

바라기는 많은 사람들이 9988을 누린다면 좋겠지만, 9988이란 삶이 거저 이루어지지 않는다. 9988을 하기 위해서는 욕심스럽게 보일 만큼 몸과 마음을 다스려야 가능하다. 타고난 DNA는 기본이고.

어쩌면 젊은이나 자식 눈에는 당신네 건강이나 목숨부지에 열중한 노인들이 사뭇 탐욕스러워 보이기도 할 것이다. 나이 먹을 대로 먹은 사람들이 자칫 환멸과 탐욕의 존재로 비춰질 것을 감수하고라도 몸과 마음을 다스릴 배짱과 용기가 필요하다.

실제로 내 친구들은 스포츠센터 같은 데 가서도 땀 흘려가며 열심히 운동하기가 민망해서 못 하겠더라고 한다. 젊은이들이 갖고 있는 노인을 향한 '편견의 유리벽'*을 넘어서 말이다. "죽은 영웅보다 산 비겁

---

*편견의 유리벽 : 지금 한국 사회의 노인들에게는 눈에 보이지 않는 유리벽과 같은 차별과 제한의 벽이 공고하게 존재하고 있다

자가 낫다(Better a live coward than a dead hero)."라는 말대로 어떻게든 살아내야 한다는 절대절명의 명제에 지치지 않고 극성을 부려야 9988의 삶은 가능하다.

영원으로 이어진 '나만의 길'

앞으로 내가 맞을 죽음은 어쩌면 '천수를 다한 죽음(이미 한국나이로 75세니까 급박한 일을 당하지 않는 한 천수를 다한 죽음을 맞이할 거라는 예감으로)'일 것이라고 예상하면서 상상해 본다.

'천수를 다한 죽음'에서도 반드시 '엄숙하고 무서운 죽음' 속에 갇혀야만 할까? 죽음을, 천수를 다한 나의 죽음을 두고 가볍게 보는 것은 좀 그렇지만, 끔찍하게 싫고 무서워하는 데에는 나는 이의가 있다.

천수를 다한 죽음 앞에서는 죽어가는 나나 주위사람 모두에게 이 죽음은 의례히 올 것이 왔다는 생각을 하게 될 것 같다. 그래서 '천수를 다한 죽음'이란 내가 죽음에 굴복하는 것이 아니라, 영원으로 이어지는 '나만의 어떤 길'로 들어가는 것이 아닐까. 그런 곳에서는 괴로움과 슬픔을 넘어서 이별을 전제로 한 일상의 대화가 오갈 수 있을 것 같다. 유머도 튀어 나올 수 있는 분위기에서 나는 내 죽음의 장을 보내고 싶다.

하지만 극심한 육체의 고통 앞에서는 이 모든 것이 맥을 추지 못할 테니, 이런 상황이 온다는 생각은 싫고 어떻게든 피하고 싶다. 이렇기 때문에 죽음이 걱정스러운 거다.

'존엄한 죽음', '품위 있는 죽음'을 생각하면서 이런저런 사람들의 다양한 죽음 얘기를 섭렵해 왔다. 나름대로 나는 한쪽 결론을 냈다. 그것은 앞서 얘기한 수전 손택과 같은 죽음은 절대 사양이라는 것. 빛나는 그녀의 지성은 존경하지만, 한사코 죽음을 밀어내고 반항해 가면서 고통의 극한 속에 억지로 죽어간 그녀의 죽음 방식은 분명히 '아니올시다' 다. 그저 목숨줄을 이어가는 것만이 목적인 듯 지지부진하게 아부하면서 살기는 싫다!

2장

다함께
죽음을

애기하자

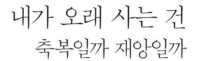

내가 오래 사는 건
축복일까 재앙일까

"죽음만큼 확실한 것이 없고, 언제 죽음이 올 것인가 하는 것만큼 불확실한 것도 없다." 로마 황제 아우구스티누스가 말한대로 사실 누구나 죽는다는 건 알지만, 언제 죽을지는 아무도 알 수가 없다는 것이 문제다.

우리나라는 IT 보급 등 세계에서 1등을 하는 게 몇 가지 있다. 그 중에서도 도드라진 세계 제일은 단연코 고령화 속도다. 우리 다 아는 얘기지만, 65세 이상 노령자가 인구의 7퍼센트가 되면 '고령화 사회'라 하고, 14퍼센트가 되면 '고령 사회'다. 우리나라는 2001년에 이미 '고령화 사회'가 되었다. 2019년, 어쩌면 2018년이면 65세 이상 노령인구가

14퍼센트가 된단다. 그럼 우리나라도 당당히(?) '고령 사회'가 된다. 이제 '100세 장수'란 단어는 보통 명사가 되었다.

그런데 여기서 놀라운 것은 고령화 사회에서 고령 사회로 넘어가는 그 어간의 속도다. 우리보다 선진국이라 일컫는 프랑스는 고령화 사회에서 고령 사회로 가는데 154년이 걸렸다. 미국만 해도 94년이 걸렸다. 세계 최고령 사회라는 일본만 해도 36년이 걸렸다. 근데 우리는 불과 20여 년 만에 고령 사회가 될 거란다. 가히 세계에서 가장 빠른 속도의 '고령 사회화'다.

장수는 재앙이다?

사정이 이러하니, 여기저기서 장수가 문제라고 떠드는 소리가 마치 내 귀를 때리는 듯하다. 몇 년 후면, 젊은이 한 명이 노인 세 명을 먹여 살려야 한다는 민망한 소리도 들린다. 실제로 거리에 나가 봐도 노인이 많다. 지하철을 타면, 노인석에 자리가 비어 있는 때를 못 보겠다. 교회를 가 봐도 그렇다. 우리나라에는 100년이 넘는 교회들도 있지만, 나는 58년 된 교회를 다닌다. 많이 젊지도 않지만, 많이 늙은 교회도 아니다. 그런데도 교회 2층에서 아래층을 내려다보면, 거의 백발이나 회색머리에다 정수리가 원을 긋듯 비어있는 머리로 빽빽하다. 나도 물론 2층 아닌 아래층 쪽이다.

아니나 다를까 드디어 장수가 문제되는 실질적인 통계수치가 나왔다. 올해 8월 보건사회연구원에서 내놓은 연구발표에서 100세를 사는 것이 축복이 아니라는 사람이 거의 반에 가까웠고(43.3퍼센트), 축복이라는 사람은 20여 퍼센트에 불과했기 때문이다. 7.9퍼센트의 사람들은 '전혀 축복이 아니'라고 했다. 100세를 살기보다는 거의 60퍼센트 사람이 80~89세까지 살았으면 좋겠다고 했다.

한 드라마 작가가 작년 1월 한 일간지에 이렇게 썼다. "'장수가 재앙'이란 표현이 노인을 두렵게 한다. 재앙이란 단어를 사전에서 찾아보면 '천변지이天變地異로 인한 불행한 사고'라고 쓰여 있단다. 근데 오래 사는 것이 어찌 천재지변의 불행한 사고란 말인가? 물론 여기에는 앞으로 떠안고 가야 할 경제적 부담이라든지 건강보험 재정악화 문제 등 여러 가지 이유가 있다는 것은 이해되지만 나이 든 사람으로선 장수가 재앙이란 표현은 섬뜩하고 심히 거슬린다."

그렇다. 재앙 즉 천변지이 같은 사태란 순식간에 진도 9.0의 지진과 뒤이어서 쓰나미가 몰려 왔던 일본의 경우에나 쓰는 단어다. 아무려면 노인이 늘어난다 했기로서니, 일본의 지진사태나 쓰나미에 빗댈 수는 없다.

아닌 게 아니라, 사람의 수명은 가없이 늘어나긴 하려나 보다. 고려대 통계학과 박유성 교수팀이 '급속한 의학발달 속도'를 감안해 계산한 결과 인간 수명을 125세까지로 전망했다. 언젠가 〈타임〉지에서는 122세로 전망했다. 더구나 125세 인간 수명이란 의학발달 속도를 과소평가한 거라고 개인적 의견을 피력한 분이 있다. 줄기세포를 이용해서 인간 장기와 혈관대체술은 앞으로도 계속 진화될 거란다. 그 결과, 인간 수명을 150세로 전망한다고 했다 통계청장 2011년 1월 19일. 장기나 조직의 이식이나 교체 기술, 인공장기와 조직의 양산, 각종 호르몬 대체요법, 유전자 조작 등등 가시권에 있는 '미래 의학'의 변수를 생각하면 현재 40세 남성 절반이 120세 이상 살 것 같은 '감'이 든다고 한다.

그러니까 인간의 기대수명은 지난 50년 사이에 거의 30~50년이 늘어났다. 이제는 사람의 수명 연장이 한계에 온 것 같지만, 아니다. 미래학자는 아직도 멀었다고 주장한다. 이제 보통 사람들도 125세를 사는 시대가 머지않았다. 미국의 인구학자 제임스 보펠은 인구학자 대부분이 기대수명 상승률을 너무 낮게 잡았다고 봤다. 실제로 지난 100년간의 추이가 계속된다면, 금세기말쯤에는 남성은 130세, 여성은 140세에 육박할 것이라고 했다. 물론 21세기에는 암, 뇌졸중, 알츠하이머, 유전기술, 노화연구 분야에 대폭적인 발전을 예상했다 슈테판 볼만, 《길어진 인생을 사는 기술》. 그러면서 150세까지 사는 시대가 다가올 거라고 한다.

100세를 넘어 살게 되었다고 많은 사람들이 좋아한다. 하지만 사람이 늙는 것, 그거 공짜로 늙는 게 아니지 않은가. 몸이 아픈 것과 더불어 나이는 들어간다. 더 나아가 아픈 게 심해져 때로는 장애를 가져 오기도 한다. 의학이 아무리 발달해도 아픈 것은 아픈 거다. 치료법이 획기적이라서 우리나라 세 사람 중 한 사람이 걸린다는 암이 와도 요즘 사람들은 절망하지 않는다. 평소처럼 "암 걸렸다."고 말한다. 갖가지 소위 표적 치료를 해서 암을 이기고 관리해가며 삶을 누리고 있다. 에이즈는 이제 평생 관리할 병이지, 죽어가는 숭한 병이 아니다. 고혈압, 당뇨, 심장병, 골다공증 등은 이제 병도 아니다. 관리하고 달래가며 함께 평화 공존을 이룰 대상일 뿐이다. 설사 장기가 다 망가지는 경우가 오면, 장기도 바꿔 달면 되는 시대가 되었다.

그동안 우리나라에서 중단된 줄기세포 연구도 다시 활발해질 모양이다. 몇 달 전 뉴스에는 줄기세포 이식으로 망가진 망막을 되살렸다는 뉴스가 나왔다. 이 같은 의학의 발전과 더불어 건강 상식으로 무장한 사람들이 널려 있다. 이들이 젊어서부터 꾸준히 해오는 건강관리와 운동 덕에 우리는 122세니 125세 수명을 너끈히 살아갈 모양이다.

이렇게 유사 이래 우리는 수명을 가장 오래 유지하게 된 집단의 사람들이다. 하지만 목숨만 길게 유지하는 노년의 연장은 싫다. 장년기의 확장이 빠지고, 노년기의 확장만 있는 장수는 아닌 게 아니라 재앙에 가깝다. 오래 살되 건강하게 살아서 소위 '수명의 질'을 유지하고 높이는 장수라야 "장수 혹은 천수는 축복"이라고 말할 수 있겠다.

2011년 현재 한국인 기대수명은 80세(남 77세, 여 83.8세)지만, 건강수명은 70세 정도다. 문제는 기대수명은 급속도로 늘어나지만, 건강수명은 비례해서 늘어나지 않는 데 있다. 수명이 길어진 것은 의학 발전이란 외부적 변수에서 비롯되었기 때문이다. 잘못하다가는 앞으로 건강하지 못한 세월이 30년, 40년으로 늘어날 수도 있다. 우리나라는 일본이나 미국 심지어 대만보다 건강수명이 10여 년이나 짧다는 데 문제가 도사리고 있는 것 같다.

오래 사는 것이 중요한 게 아니라, 건강하면서 오래 사는 것이 중요하고도 절실한 문제다. 노년들이 쉽게 흘리는 말이 있다. "난 오래 살고 싶지 않아." 하지만 이제는 '죽기도 쉽지 않은 세월'이 됐다. 예전 같으면 심근경색이나 뇌졸중이 일어나서 죽을 사람도 지금은 60~80퍼센트는 생명을 건지기는 한다. 그러다가 반신마비나 언어장애 등을 갖고 사는 게 문제다.

이러다가는 미국의 정치경제학자 프랜시스 후쿠야마가 예단한 "연장된 수명을 통해서 육체적으로 정신적으로 모두 활동적인 상태가 될 것인지, 아니면 사회 전체가 하나의 거대한 양로원이 되어버릴 건지……"로 가는 것은 아닐까.

이어서 떠오르는 그리스 신화가 있다. 이런 장수는 아닌 게 아니라 재앙이다. "시빌레라는 무녀는 아폴론 신의 사랑을 듬뿍 받고 있었다. 아폴론은 그녀에게 소원이 무엇이든 다 들어주겠다고 했고, 시빌레는 손에 한 움큼 쥔 모래알 수만큼 수명을 달라고 했다. 그러나 수명과 더불어 젊음을 유지해 달라는 말을 빼먹었다. 무녀의 나이는 마냥 늘어나고 있었지만, 몸은 점점 늙고 쪼그라들었다. 마침내 무녀의 몸은 병 속에 담겨진 채 동굴 천장에 매달려 아이들에게 조롱 당하는 신세가 되었다. '넌 소원이 뭐니?' 소년들이 묻자 무녀는 이렇게 대답했다. '난 죽고 싶어.'"

장수는 축복이다

장수는 축복이다. 수전 손택처럼 임파선까지 퍼진 암을 두 번씩이나 이겨낸 사람은 인간 승리다. 살아나서는 허청거리는 세월을 보내지도 않았다. 책을 두 권씩이나 썼다. 스티브 잡스처럼 그 어렵다는 췌장암을 이겨내고 간 이식을 해 가면서도 오늘날 세계인이 열광하며 사용하고 있는 IT기기들을 만들어 냈다. 이런 일을 해낸 사람의 장수는 위대하다. 이런 사람들이야 의료 비용을 천문학적으로 쓰면서 오래 사는 걸 어찌 재앙이라 할 수 있나.

　그렇다고 세상 모든 사람이 수전 손택이나 스티브 잡스마냥 죽을병을 앓고 나서, 이처럼 위대한 일을 해낼 수야 없겠지. 그저 자기 앞가림을 하며 평범한 일상을 이어가는 장수도 이에 못지않게 아름답다. 오래된 기계를 쓰듯 조심조심 살아가는 노인들 말이다. 오래된 기계에 기름도 치고 몇 년마다 고쳐가며 살살 다루듯이, 몸과 마음을 다독거려서 앞가림해가며 꿋꿋이 사는 장수 노인, 존경스럽고 아름답다. 자연을 즐기고 삶을 가꾸며 사람들과 조용히 어울려 사는 노인, 아름답지 않은가. 이런 장수는 축복이다. "일상의 삶을 잘 영위하고 거기다 개인 취미 활동까지 보태어 사는 조용한 삶이 성공적인 노인의 삶" _{D. .B브롬리}이라고 했다.

　불행히도 장수가 재앙이 되는 경우를 보는 것은 괴롭다. 나는 84세 동갑인 두 노인네 분을 안다. 한 분은 평소에 건강하고 경제적으로 유복하다. 그러나 세상 변화를 외면하고 살아왔다. 늙어가며 건강을 위해서는 움직여야 한다고 아무리 일러드려도 오불관언이다. 내 몸이 왜 이렇게 돼 가느냐고 투덜대며 투정하고, 불평을 입에 달고 살았다.

한 분은 몸이 많이 아픈 분이다. 아픈 몸을 이끌고 꾸준히 운동해 왔다. 먹거리도 기름진 것 줄이고 과일이나 야채를 많이 먹었다. 그렇게 30여 년을 살아온 두 분의 오늘날 상태를 보면, 나는 화들짝 정신이 난다. 나도 게을러서 움직이는 걸 좋아하지 않기에 그런다. 한 분은 지금도 지하철 계단을 두 계단씩 빠르게 오르내리기를 한다. 움직이기 싫어하고 기름진 것을 즐기던 그분은 지금 완전히 걷지 못한다. 휠체어에 의지해서 살면서 여러 번 가벼운 뇌졸중을 앓았다.

로마의 사상가 세네카는 "현명한 사람은 그가 살 수 있는 한 오래가 아니라, 살아야 할 정도로 오래 살 것이다. …… 그는 항상 자신의 삶의 '질'을 생각하지, 그 '길이'를 생각하지 않는다."고 했다.

현대의학의 기술이 아직 갈 길은 멀지만, 사람의 명줄을 늘리는 기술은 괄목할 만하다. 건강은 없고 명줄만 늘려주는 현대의학에 기대어 쿠마의 무녀 시빌레처럼 과잉 생존자가 될까 봐 두렵다.

"의사나 간호원에게 죽음은 실패를 뜻하고 친구나 친척에게 죽음은 재앙이면서 해방이 될 수도 있지만, 오로지 영혼에게만 죽음은 구원이고 해방이다."닐 도날드 월쉬, 《신과의 대화》 이 말대로 나의 영혼에게 그리고 한 계점에 다다른 나의 심신에게 지체 없이 해방을 안겨주고, 평안해지고 싶다. 사실 내가 죽는 마당에 상실의 고통을 아주 없앨 수는 없겠다. 하지만 내 생명의 근원인 그분의 뜻이라면, 나 자신의 죽을 운명에 두 말없이 순명해야 하리라. 그러고 나서 나는 자유로워져야 하리라.

과잉 생존자가 넘쳐나면, 지구에게도 벅찬 짐이 될 것이다. 지구 입장에서 보면, 인간의 삶과 죽음도 호흡처럼 자연스러운 일일 텐데 말이다.

오래 사는 것이 중요한 게 아니라,
건강하면서 오래 사는 것이 중요하고도 절실한 문제다.
노년들이 쉽게 흘리는 말이 있다.
"난 오래 살고 싶지 않아."
하지만
이제는

'죽기도 쉽지 않은 세월'이
됐다.

죽음은
금기가 아니다

지난해 2월 한 신문에서 '잘 죽는 일'이 버킷 리스트 즉 남은 생애에 하고 싶은 일이라는 글을 봤다. 자기의 일생을 훑으면서 이만큼 잘 살아왔으니, 이제 '잘 죽는 일'만 남았단다. 그런데 어떻게 잘 죽을 거냐 하면, 육신의 쇠약을 느낄 때쯤 사람들 발길이 닿지 않는 깊은 산속 오두막집에서 지내다가 달빛이 고운 밤에 편안한 얼굴로 자리에 누워 영원히 깨어나지 않는 깊은 잠속으로 빠져드는 것이라나?

물론 꿈을 얘기했다지만, 어떻게 자기의 죽음을 이렇게 어린애들한테 환상동화 읽어주듯 쉽게 써내려갈 수 있단 말인가. 현실감을 가지고 진지하게 죽음 비슷한 것도 마주하지 않은 사람의 글 같다.

죽음은 삶의 한 과정이기는 하다. 하지만 그 죽음의 현실이 하도 엄숙하기도 하고 처절하기도 해서 글 멋으로 치장하기에는 어울리지 않는 주제다. 마지막에는 어차피 사람들의 도움에 기댈 수밖에 없는 적나라한 현실이 도사리고 있다. 이를 직시하고 보면, 도무지 환상동화에나 쓰일 예쁜 문장으로 써 내려간, 아름답게 죽을 거라고 멋 부릴 계제가 아니다.

죽음의 탈신비화

나는 죽음의 탈신비화가 먼저라고 생각한다. 죽음을 탐미적 대상으로 보기보다는 현실로 직시해야 한다는 것이다. 그렇지 않으면 아름다운 환상동화쯤으로 포장한 말과 글이 사람들에게 죽음에 대한 막연한 환상과 오해를 낳게 할 수도 있다. 아울러 현실과 동떨어진 죽음 준비를 하는 오류를 저지를 수도 있다.

인간은 필멸의 존재라는 것, 그 이상으로 죽음의 관념을 넘어서 훨씬 더 광범위하고 구체적으로 죽음의 탈신비화가 이루어져야 한다. 어차피 다른 사람의 도움에 기대어 생명이 소멸되기 직전까지 그야말로 소위 '죽을 힘'을 다해서 이어지는 게 삶이다. 그리고 처절한 마지막 삶을 이야기해야 한다. 죽도록 힘든 가운데서 '병의 무례함(이미 기본 신진대사가 이루어지지는 못하겠지만, 갖가지 증상과 그에 따른 소리와 배설물 처리 등등)'을 견뎌야 한다. '병의 무례함' 때문에 '불쾌한 환자'^{필립 아리에스, 《죽음의 역사》}가 되어 있더라도 마지막 숨쉬기를 끝내고 '저곳'으로 가는 그 찰나까지는 '이곳' 생활을 해내야 하니까.

요즘 많은 사람들은 마지막 이 일을 인생이 뒷설거지 정도로 여기나 보다. 주부들이 귀찮은 청소와 빨래 그리고 설거지를 파출부에게 맡기듯, 사랑하는 사람의 마지막을 병원 중환자실에 맡기고 있다. 아니면 열악한 노인 요양병원에 미루어 놓고 있다. 그 결과 오늘날, 죽음은 역사상 그 어느 때보다도 사회생활의 배후로 밀려났고, 숨을 거둔 시체는 악취 없이 신속하게 위생적으로 제거되고 있다. 이런 행태를 싸가지가 없다고만 할 수도 있다. 하지만 빠르게 돌아가는 현대 사회에서 불가피한 현실 타개책이라고 보면, 이들을 마냥 나둘 수만도 없다.

그렇지 않아도 일반적으로 죽음의 현장에서 '죽음'은 금기의 단어였다. 실은 죽음이 가까워진 사람들 앞에서도 벌써부터 '죽음'이란 단어는 금기였다. 일찍이 죽을 사람 앞에서는 "임종과 죽음은 금기로 되어 있는 화제다."라고 했다. 이 말이 생생한 사실이라는 예가 있다.

10여 년 전에, 죽음회에서 연사로 나온 정희경 씨(전 이화여고 교장)

가 한 얘기가 있다. 우리나라에 《24시》란 유명한 소설을 쓴 루마니아 작가 게오르규가 왔을 때였다. 지금은 돌아가신 신봉조 선생(이화여고 이사장)을 소개하는 자리였단다. 정희경 씨가 신봉조 선생이 이러저러하게 훌륭한 일을 하신 분이라고 소개하자, 게오르규 작가 왈, "그렇게 훌륭하신 일을 일생을 두고 하셨다니, 당신은 요담에 좋은 죽음을 맞이하실 거……." 그런데 죽음이란 단어가 등장하자 신봉조 선생의 얼굴이 굳어졌다고 했다. 이처럼 '죽음'이란 입에 올리기도 사위스런 주제다. 피하고 싶은 주제다.

삶을 얘기하듯 죽음을 얘기하자

죽음을 공론의 장에 내놓으라던 분〈삶과 죽음을 생각하는 회〉 이사장 김옥라 말씀대로 죽음을 평소와 같은 마음으로 얘기할 수 있어야 한다. 삶을 얘기하면, 죽음도 얘기해야 한다. 죽음은 삶의 한 장이니까. 오늘날 성 담론은 민망함을 넘어서까지 공론화되고 있다. 죽음은 왜 공론화될 수 없을까. 죽음의 일반론이 아니라, '나의 죽음'을 구체적으로 얘기할 수 있을 때가 되면 그때, 우리는 죽음이 공론의 장에 비로소 나왔다고 할 수 있을 것이다.

나는 평소에 즐겨 죽음을 내세워 얘기한다. 더러 기분 나쁘다고 지청구를 듣기도 했다. 그런데 요즘은 나이 먹을 대로 먹은 내 친구들이 곧잘 죽음 얘기에 동참한다. 나는 내 자식들과도 평소처럼 죽음을 얘기한다. 실은 아들 놈 하나는 '죽음'에 대해서 한번 써 보라고 권하기도 했다.

나는 내 죽음의 현장에서도 사람들과 내가 죽어가는 것을 얘기하면서 지내고 싶다. 비장하고 슬픔 속에서 나누는 그런 대화가 아니다. 평소처럼 죽어가는 얘기를 주고받다가 때로는 유머까지 속출하는 죽음의 장을 맞고 싶다. 죽음학의 권위자인 알폰소 데켄 박사도 죽음의 장은 유머로도 좋은 소재라고 했다.

하지만 아직도 죽음을 유머는 고사하고 기분 나쁜 주제이자 금기의 주제로 여기고 있다. 나에게는 지성에 빛나는 몇몇 친구가 있다. 하지만 나는 이들 앞에서 죽음을 얘기하지 못한다. 한 친구는 대놓고 내게 지청구를 주고, 한 친구는 조용히 기분 나빠 하기 때문이다.

"우리나라 사람은 내세를 인정하지 않는 경향이 강하고, 그 영향으로 삶에 유달리 집착을 보입니다. 상대적으로 한국인이 다른 나라 사람보다 죽음을 외면하고 부정하는 경향이 강한 것은 그 때문입니다."

죽음학회 편, 《한국인의 웰다잉 가이드라인》

나의 아름다운 죽음을 위하여

나는 이 이론에 동의하지 않는다. 물론 내세를 믿는 종교인들이 마지막을 담담하니 맞는 비율은 많을 것이다(전혀 통계는 없지만). 그런데도 내세를 바라볼 종교인들이 줄기차게 죽음을 거부하고 무작정 삶을 연장하려 드는 사람도 봐 왔다. 비종교인 가운데서 의연하게 죽음을 받아들이는 사람이 의외로 많다(이 또한 통계는 없지만). 이런 사람들은 어떻게 이럴 수 있을까?

나름대로 죽음의 모습을 천착해 온 내 결론은(아, 내 이론의 권위 없음이여!) DNA에 면면히 흐르는 혈통의 특성과 인격 혹은 성격에 따라 다르다고 본다. 나는 끊임없이 자살을 동경하는 가계家系의 가족들을 안다. 아니, 우리 모두 아는 연예인 남매가 잇달아 자살하는 모습도 보지 않았던가. 또 한 부류. 종교의 힘 없이도 바른 성격과 욕심의 절제와 고고함을 지닌 사람들의 죽는 모습이 그러했다. 담담하게!

죽음은, 기쁜 마음으로 삶을 돕는다

죽음에 관한 교과서처럼 회자되는 소설로 《이반 일리이치의 죽음》이 있다. 주인공 이반은 평소에 지극히 속물적인 삶을 산 재판관이었다. 그러다가 '죽음'이 닥쳤을 때 겨우 생각한다는 것이 이제 막 살 만한 처지에 왔는데, 어쩌자고 나만 죽도록 아프고 괴로운 거냐고 억울해하고 짜증을 부렸다.

'때 이른 죽음'을 맞은 이반이 죽음에 임박해서는 막연한 두려움 속에서 불안과 고통을 느끼고, "누군가가 나를 토닥여주고 달래주면 얼마나 좋을까."를 열망했다. 그렇게 나도 토닥여주고 달램을 받아가며 죽음을 맞이하고 싶다. 생각해보면, '천수를 다한 죽음'에서는 이런 불안의 경지를 통과하지 않고서도 이미 일상적인 세계 가운데서 죽음의 의미를 깨달을 것 같다.

죽음의 병상에서 무덤으로 가는 인생의 마지막 과정 가운데 나도 성숙해지고 싶다. 죽어가는 과정이야 말로 일생에서 배움과 영혼 발전에 가장 좋은 기회가 될 수 있다고 하지 않는가.

죽어가는 환자를 인간으로 존중한다면 환자 스스로 결정할 수 있는 부분에서는 그의 자율성과 권리를 존중해주어야 한다. 개인적으로 사회적으로 더욱 성숙해지고 삶의 마지막 단계를 더 인간적으로 만들 수 있도록 격려받고 싶다.

중세 때도 그랬지만, 원래 죽어가는 사람은 공동체에 기여하는 바가 크다. 시간과 영원의 중요성이랄까, 죽음 너머 어떤 것을 지향하면서 평소처럼 죽음으로 들어갈 수 있는 힘, 그 너머 '어떤 것'을 남은 사람들이 볼 수 있다면, 나는 원이 없겠다. 따로 전도하고 사랑과 삶의 의미에 대해서 상투적으로 가르치지 않았어도 가르친 거나 다름없게 말이다. 그러기 위하여 나는 서두르지도 않겠지만, 길게 지체하지도 않으면서 죽었으면 좋겠다.

죽음이 공동체에 기여하는 것은 실생활에서 구체적으로 나타나고 있다. 성경 말씀대로 모든 악의 근원이라는 돈을 가지고 싸우는 부잣집 상가 말고는 보통의 상갓집에서는 '화해'의 장이 펼쳐지기도 한다. 삐쳐서 오래 보지 않고 지내던 사람들이 오랜만에 상가에 모여서 자연히 화해하는 모습을 나는 많이 봐 왔다. 옛말에도 "호상이 난 집에는 담 밖에까지 웃음소리가 난다."는 말도 있지 않은가.

거기다가 장기나 시신 기증도 물론 기여하는 바가 있겠지만, 천수를 누리고 가는 장에서는 별 유용성이 있을지 나는 의심이 가는 대목이다. 하지만 사체 부검은 인류에 기여하는 바가 분명 있다. 그래서 "여기는 죽음이 기쁜 마음으로 삶에 도움을 주는 곳이다."라는 문구가 세계 대부분의 부검실에 걸려 있단다.

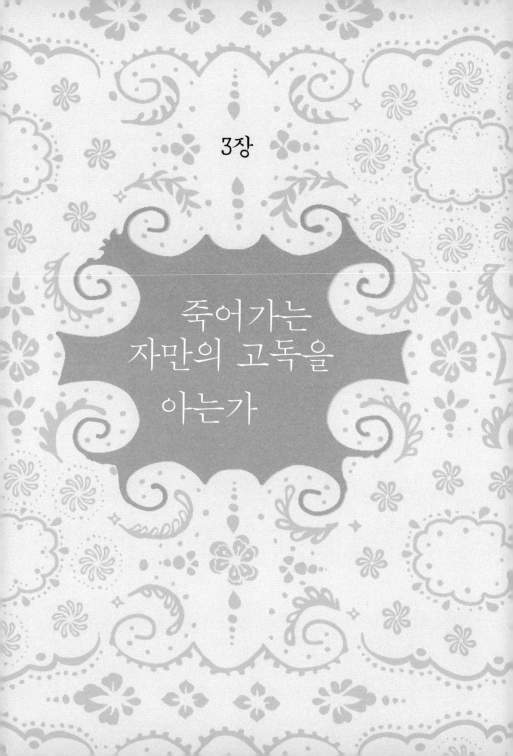

3장

죽어가는
자만의 고독을
아는가

나, 아직은
살아생전인데……

언제부터인지 모르지만 나는 걱정하고 있었다. 나라는 존재 자체가 다른 그 무엇보다 앓고 있을 어떤 병으로만 정의되고 취급될 지도 모를 날들이 올 것 같은 기미, 그것을 감지하고서부터다. 아니, 병 이전도 그렇다. 더불어 같이 살아갈 '사람'으로 나를 대하기보다는 단지 죽음 앞에 선 '별도의 인간'으로만 취급당할 그런 날들이 올 것 같은 생각을 하면, 나는 그만 입맛이 싹 가신다.

있어도 없는 듯 투명인간으로 취급될까 봐 두려웠고, 죽기도 전에 이미 존재하지도 않은 존재처럼 취급당할 것을 생각하면, 자존심이 상한다. 하긴 늙었다는 것, 그것은 죽음을 예고하는 것이긴 하지만 말이다.

하지만 지금은 멋있는 표현으로는 '호모 헌드레드' 즉 인간 수명 100세 시대란다. 100세 시대에 맞추어 보면, 나도 아직은 살아갈 날들이 10년, 20년도 더 남은 셈이다. 이런 나를 두고 단순히 '늙었다는' 것만 갖고 바로바로 '죽을 일' 말고는 아무것도 아닌 사람과 같이 생각하는 그 성급함이 섬뜩하기도 하다.

내가 어떻게 죽을지를 꿈꾸기

아무리 100세 시대라고 떠들지만, 일흔이 넘고 여든을 바라보는 나이에 와서도 '나의 죽음'을 생각하지 않고 살 수는 없다. 주위에서 머지않아 죽을 노인으로 취급당한다고 투덜대기보다는 내가 어떻게 죽을지를 꿈꾸어 보는 것, 이것이 이 책을 쓰는 요체라면 요체다.

앞머리에서 '나'라는 존재가 머지않아 죽을 사람으로만 취급당하는 것이 싫다고 나는 투덜댔다. 그 말 그대로 나는 죽기 직전까지 이 세상 사람으로서 살아가고 싶다. 생각해 보면, 나는 내세를 말하는 교리 이전부터 '막연히', '당연히' 그리고 '자동적'으로 죽음 이후 내세의 존재를 기정사실로 여기고 있었다. "우리는 죽음까지의 과정도 중요하지만, 죽음 뒤의 삶에 대해서도 잘 알아야 우리의 삶을 제대로 알 수 있다."최준식, 《죽

)고 했지만 글쎄, 나는 '죽음 뒤의 삶'이나 심판을 모면하기 위하여 이 생을 그리고 이 생의 마지막인 죽음을 잘 치러야 한다고 생각해본 적은 없다. 잘 살고 잘 죽는 것은 어떤 목적 이전에 당위의 문제다.

상상해 보면, '그곳'은 나를 사랑해주던 사람들로 차 있다. 나를 마냥 사랑해주고 나를 살게 해주는 하나님이자 예수님이 계신 곳이다. 밝고 환한 그곳에는 내 하나님과 감히 버금갈 만큼 나를 사랑해주던 내 어머니와 아버지가 계시는 곳이다. 그 뿐인가. 몇 십 년을 함께 뒹굴던 친구 둘이 벌써 가 있는 곳이다. 얘네들은 살아생전, 뭐든지 느리더니 '여기' 오는 것도 지각이라고 지금 내 흉을 보고 있을 것 같다. 이승에서 늘 내 자리를 잡아놓고 나를 기다리듯이 거기서도 내 자리를 잡아놓고 목 빼고 나를 기다리고 있지 않을까. 그렇다. "죽음은 삶의 형태를 바꾸어 놓는 과정이지 하나님 안에서 형성되어가는 삶을 폐기시키지 못한다." 라고 말씀한 신학자 몰트만에게 전적으로 동의하는 바다.

나는 '이곳'에 사는 사람이다

'그곳' 말고 '이곳' 형편은 어떤가. 지금 내가 살고 있는 이 세상인 '이곳' 형편 말이다. 우선 내 새끼들, 셋이 있다. 내 사랑을 마냥이고 퍼부

었던 얘네들이 이제는 다 자라서 떠나갔다. 얘네들은 각각 제 가족을 꾸려 나가 핵분열을 이루어 살고 있다. 이제는 내 사랑을 갈구하던 내 새끼들이 아니다. 나의 사랑, 어미의 사랑이란 있으면 있는 거고, 없어도 아무런 지장이나 유감이 없어 보인다. 어쩌면 내 사랑을 갈구하기는커녕 되레 저들은 나를 돌봐줘야 할 대상으로, 상황은 역전되었다. 나는 자식네들과 불가근不可近 불가원不可遠의 거리를 지켜가면서 늙음의 모습을 추스르는 일도 나날이 버거워져 가고 있다.

그러고 보니 단순한 계산으로도, 나는 '이곳'보다는 '그곳'에 사는 것이 이롭다. 그곳은 이 눈치 저 눈치, 어른으로서의 체통 같은 것을 배려하지 않아도 되는 곳이다. 마냥 사랑만 받고 있으면 되는 곳이다. 그런데도 늙어진 몸과 마음을 어렵사리 추슬러가면서도 이 세상에 살아남으려 하고 있지 않은가? 이 무슨 모순인가.

어쨌거나 창조주께서 나를 '여기서' '저기로', '이곳'에서 '저곳'으로 옮기기 전까지 나는 이 세상 사람의 하나로 살고 싶다. 아직은 가지 않았는데, 이미 '저기로' 간 사람으로 별도 취급당하는 거는 부당하다.

"죽음은 평화로운 사람의 존엄과 신중을 갖춘 이승으로부터의 단순한 퇴장이어야 하고, 궁극적으로는 고통이나 괴로움이나 무서움 등이 없어야 한다."《옥스포드 완화 의료학》 2004년판 서문에서

죽어가는 자의
고독

꽤 됐다. 내가 열심히 늙어가고 있는 것은 내가 열심히 죽음을 향해 가고 있는 중임을 구체적으로 인식하게 된 것이 꽤 됐다는 얘기다. 일찍이 나는 늙음을 흔쾌히 받아들이자는 내용을 담은 책까지 썼다. 책을 낼 정도로 늙음을 수용했다니, 나는 '가장 뛰어난 죽음 준비'가 되어 있어야 했다.

그러나 노년기와 죽는 것은 역시 다른 문제였다. 노년기는 어쨌거나 '사는' 얘기다. 죽는 것은 어쨌거나 '죽는' 얘기다. 여전히 죽음은 막연하게나마 남의 일이거니 하던 내가, 지금은 바로 내 코앞에 닥친 '내일'이 되었다. 죽음에 대한 생각들이 요즘은 내 모든 생각 맨 위에 덧입

혀져 있다.

내 코앞에 닥친 '내 일'

이처럼 죽음을 구체적으로 인식하기 이전에 '죽음의 예감', '죽음의
본능' 같은 것이 나처럼 무심한 사람에게도 찾아왔나 보다. 불과 10
여 년 전쯤 아흔 전후로 어머니가 부쩍 '죽음', 그것을 슬퍼하셨다. 일
테면, 당신의 육촌 여동생의 시아주버니가 죽었다는 소식에도 그리
슬퍼하셨다. 슬퍼하는 어머니를 뵈면서 나는 속으로 어머니를 흉봤
다. "아니, 구십을 넘어 살고도 저리 사돈의 팔촌의 죽음까지도 슬퍼
하는 것은 뭐야⋯⋯. 결국 구십을 살고도 죽는 거는 싫고 그래서 슬
프신가 보다!"라고.

그러던 나도 어느덧 일흔 중반을 넘어서면서 죽음을 슬퍼하게 됐다.
이 글을 쓰는 어간에 친한 친구가 죽어갔는데, 근년에 없이 나는 슬픔
에 겨워했다. 전에 더 친한 친구가 죽었을 때도 그리 슬퍼하지 않던 내
가 이번에 맞닥뜨린 친구의 죽음을 평소 나답지 않게 슬퍼하고 있었
다. 이런 나를 돌아보면서 어쩌면 내게도 찾아온 '죽음의 본능' 이랄까,
'죽음의 예감' 같은 것을 느꼈다.

그러고 나서 주위를 돌아보니, 거기서는 한술 더 뜨는 상황이 진행되고 있었다. 그것은 내 주위에 있는 젊은이들이었다. 애들은 나보다 앞서 이미 '그렇게' 생각하고 있었다. 나를 어느새, 머지않아 죽어갈 사람 정도로만 치부하고 있는 낌새를 보았다. 그러니까 죽음으로 가는 길목에 서 있는 나와 앞으로 살아갈 날이 창창한 사람들과의 격리가 차곡차곡 쌓여 가고 있던 거였다. 늙음의 골이 깊어가면서 젊은 저들과의 격리는 더 깊어가고 있었다.

그러니까 뭐, 죽음이라는 종착지를 향해서 늙어가고 있는 나하고 젊은 세상하고의 암묵적 분리가 벌써부터 생기고 있는 셈이렸다! 아이고, 이런 추세로 가다가는 내 숨이 멎기도 전에 저들과 완전히 분리되는 건 아닐지? 몽테뉴는 "많은 사람들 가운데 있더라도 그 자신이 그들에게 아무런 의미도 가지지 않을 때 외롭다."고 했다. 지금 내 처지가 바로 그렇지 않은가. 죽을 사람이라는 거 말고 내가 저들에게 무슨 의미가 있단 말인가. 사람들 속에 있지만, 사람들 속에 홀로 있는 것 같다.

슬슬 격리되고 있다는 걸 알아채다!

그러고 보니 그런 예감이 현실로 다가온 먼 추억의 몇몇 장면이 떠오르기도 한다. 나는 아흔둘인 어머니를 한 인격체로 대우하지 않았다. 이해력과 인식력이 떨어진 노인은 나하고는 다른 세상 사람으로 치부했다. 나는 무정한 딸이었다. 역사는 반복된다는 진리 앞에 지금, 나는 서 있다.

　내 경우, 일흔 전후서부터 세상에서 가장 가까운 자식들과 슬슬 격리되고 있다는 것을 감 잡았다. 가령 무슨 계획을 세우거나 뭣보다도 걱정스런 혹은 희망적인 일이 생겼을 때, 효도라는 미명하에 어미를 배제시키고 있었다. 저희들끼리 쑥덕대기 시작한 것도 그 무렵이었다. 저들이 내게 걸어오는 말에는 속내가 빠지기 시작했다. 그저 의례적인 대화 정도였다. 친절한 말투로 의례적인 말을 건네고, 아무런 대답도 기다리지 않는 태도를 폴 투르니에는 이렇게 그리고 있다.

　"카페에서 부부가 어머니에게 차를 권하고 있었다. 부부는 열심히 이야기를 주고받았지만, 노부인에게는 한 마디도 건네지 않았다. 어쩌다가 '한 잔 더 드시겠어요?'라든지 '이거 한 조각 더 드세요.' 정도의 말만 걸어 왔다. 그들은 어느 정도 어머니에게 보살핌과 친절을 베푸는 것 같았다. 하지만 어머니 편에서 말하자면, 과자나 차보다는 대화 속에 한 마디 끼워 주는 것이 더 기뻤을 것이다."

물론 어떤 상황이 닥쳤을 때 나를 비롯한 우리 노인들은 즉각적이고 확정적으로, 낙관하는 혹은 비관하는 감정을 표출해 온 건 사실이다. 그래서 저들, 젊은 저들을 곤혹스럽게 만든 적이 아주 없다고는 할 수 없다. 가령 젊은 저들이 잘 나갈 것 같은 기미라도 보일라 치면, 우리는 세상 일이 다 됐다는 듯이 의기양양해했다. 더 나아가 가량없이 자랑하고픈 습성 때문에 부모 스스로가 젊은 저들과 암묵적 분리를 자초한 면이 있었다.

한참 때의 저들, 살아갈 날이 많은 저들은 다 늙어버린 우리를 어떤 눈으로 보게 될까. '아파, 아프다'는 소리를 입에 달고 사는 노인들을 볼 때 말이다. 병은 깊어지고 그리고 마음까지 늙어 버린 노인들을, 그것도 오래도록 대하다 보면 아닌 게 아니라, 저희들과 같은 인종으로 봐 주지는 않는 모양이다. 그 옛날, 내가 어머니에게 한 짓거리마냥. 그러니 자연 저들과 분리되어 가고 있는 것은 아닐까. 그래서 일찍이 엘리아스는《죽어가는 자의 고독》에서 이점을 콕 집어내고 있었다.

"사람은 천천히 죽어간다. 물론 급사하는 특별한 경우를 빼고는 그렇다. 노쇠는 그 병약함으로 인해 보통 사는 사람들 삶과 다른 것으로 생각되기도 한다. 서서히 쇠약해가면서 세상 사람들의 삶으로부터 서서히 격리가 이루어진다. 어울리지 못함을 쓸쓸하게 느끼면서 그래도 사람들이 자기 주위에 남아 있기를 바라게 된다. 딱한 상황이다. 살아있는 사람들의 공동체로부터 나이든 사람, 죽어가는 사람들이 암묵적으로 분리되는 것, 편한 사람들과의 관계가 점차 차가워지는 것, 일반적으로 그들에게 삶이 의미와 안온함을 주었던 사람들로부터 멀어지는 것. 이것이 죽어가는 자들에게 가장 힘든 일"이라고 했다.

이러한 현상들은 선진사회에서 더 많이 일어난다. 외로이 죽어가는 것은 근대 개념이다. 오늘의 한국 사정도 서구 못지않다. 나는 겁이 나기 시작했다. 나라는 존재가 다른 그 무엇보다 아프거나 앓고 있는 병으로만 정의되고 취급되는 것이 싫었다. 투명인간이 될까 봐 두려웠고, 죽기도 전에 이미 존재하지도 않는 사람이 될까 봐 두려웠다.

"아프면 서럽다."는 말처럼 말년에 병마와 싸우는 고통과 함께 아픈 채 홀로 남겨진 듯한 외로움이란 고통은 가혹하기만 하다. 죽어가는 중이라도 생의 의미가 있다는 느낌이 필요하다. 의례적으로 보여주는 호들갑이라 할 만한 동정은 무관심만큼이나 참기 힘들다. 가까운 사람들이 "내 주위에서 귀 기울여 주고, 기대어 울 수도 있도록 어깨를 내

주고, 손을 내밀어 손을 잡을 수 있도록 해주어야"매기 컬러넌,《마지막 여행》하
는데, 그렇지 못함에 우리는 슬프다.

죽어가는 자와 더 이상 말을 나누려 하지 않는다

병원에서도 마찬가지다. "오늘날, 병원에서는 (말을 할 수 있는 시점에서
도) 사람들이 죽어가는 자와 더 이상 말을 나누려 하지 않는다. 그를
이성을 갖춘 개체로서 대우하지 않고, 더 이상 그의 얘기를 들으려 하
지도 않는다. 고립적인 존재로만 대하고, 임상의 대상으로만 대한다. 어
쩌면 지쳐 있을 가족의 보살핌보다는 기술적 지원 즉 의술 덕에 수명
이 연장되었지만, 고독하고 모욕의 상처를 입은 고립적인 존재로만 남
아 있게 된다."《죽음의 역사》

　그렇다. 딸과 아내를 잃고 나서 죽음 전문가가 된 최철주는 "환자가
진찰실에 들어오거나 나가거나 상관없이 단 한 번도 시선을 주지 않는
주치의의 고정된 자세와 석고상 같은 얼굴, 미동도 하지 않는 눈동자를
보면서" 환자와 보호자는 몸이 굳어졌다고 했다. 바로 우리나라의 의
료 현실이다. 물론 하루에 환자 수십 명을 봐야 하는 현실을 감안한다
해도 이건 너무하다는 생각이다.

더 나아가서 이와 같이 죽어가는 자는 더 이상 지위를 지니지 않는다. 그는 더 이상 사회적인 가치를 지니지 않기 때문이다. 더 이상 '죽음의 침대' 라는 말은 중요하지 않게 되었다. 죽어가는 자에게 무슨 지위가 있을 것이며 존엄성이 있을 리가 없다.

한참 때의 저들,
살아갈 날이 많은 저들은 다 늙어버린 우리를
어떤 눈으로 보게 될까.
'아파, 아프다'는 소리를 입에 달고 사는
노인들을 볼 때 말이다.
병은 깊어지고 그리고 마음까지 늙어 버린 노인들을,
그것도 오래도록 대하다 보면
아닌 게 아니라, 저희들과 같은 인종으로
봐 주지는 않는 모양이다.

그 옛날,
내가 어머니에게 한 짓거리마냥.

죽음 본능,
죽음을 예감하다

"융은 우리가 죽는다는 사실을 본능적으로 무의식적인 영혼이 알 뿐만 아니라, 이 사실을 실제로 받아들인다고 주장했다. 영혼은 죽음이 찾아오기 전에, 보통 수해 전부터 죽음에 대비한단다. 우리의 이성적이고 의식적인 정신은 불안을 야기하는 가차 없는 최후로서의 죽음을 보지만, 우리의 영혼은(우리의 우뇌?) 이미 죽음을 그저 받아들인단다." 토마트 캐스카트, 대니얼 클라인, 《시끌벅적한 철학자들, 죽음을 요리하다》

"인간은 죽음을 미리 예감하고 있다. 자신이 죽어가고 있다는 사실을 미처 깨달을 시간이 없이 죽지는 않았다는 것이다. 페스트나 돌연사를 제외하고는." 필립 아리에스, 《죽음의 역사》

"요즘 나는 부쩍 죽음이 슬퍼졌다"

우리는 본능적으로 죽음을 예감할 뿐이다. 우리에게는 죽음을 선택할 권한이 없다. 죽음이 우리를 선택하기 때문에. 죽음이 우리를 선택하면, '우이, 드디어 왔구면.' 하며 흔쾌히 맞을 것인가. 아니면 수전 손택처럼 기를 쓰고 도망치며 피를 철철 흘려가며 저항하면서 죽음에게 끌려갈 것인가.

하지만 "대부분 사람들은 죽음을 알지 못하면서 죽어간다. 우리는 태어날 때처럼 죽는다. 어떤 사람도 스스로 태어나지 못하듯이 스스로 죽을 수도 없다."《죽음과 함께 춤을》는 글을 보면서 '그래, 죽음은 자연의 순환법칙대로 돌아가는 것. 내가 이러고저러고 할 것이 아니'라는 생각이 든다.

비트켄슈타인도 "죽음은 삶 속에서 일어나는 사건이 아니다. 우리는 살면서 죽음을 경험하지 않는다. 우리 삶은 마치 우리의 시계視界에 한계가 없듯이 그 한계가 없다."라는 데야 어쩔 도리가 없잖은가.

근데 말이다, 요즘 들어 나는 부쩍 죽음이 슬퍼졌다. 지금까지는 날마다 사람이 죽었다는 소리를 빠지지 않고 들었다. 어느 한 날이고 사람이 죽었다는 뉴스가 빠지는 일이 없다. 일테면, 연평도나 천안함 사건에서 꽃 같은 젊은 아들들이 죽었다는 뉴스에는 그저 안타깝고, 안됐고, 아깝고……. 일테면, 어떤 훌륭한 분이 죽었다면, 그 역시 그랬다. 하물며 이름 모를 많은 사람의 죽음 소식은 내게는 그저 물화物化된 타인의 일일 뿐이었다.

심지어 아흔셋에 천수를 다하고 가신 어머니의 죽음 앞에서도 애끓는 슬픔보다는 '올 것이 왔구나.' 라고 여셨다. 그저 숙연히 어머니를 보내드렸을 뿐이었다. 더러 들려오는 친지들의 부고도 그저 덤덤히 대해 왔다.

이처럼 죽음에 무심하던 내가 요즘 들어 부쩍 사람이 죽었다는 소식에 슬퍼하고 있다. 스티브 잡스가 죽었다는 소식은 나를 며칠간 슬픔 속에 잠기게 했다. 야구를 즐기지도 않던 내가 최동원 선수의 죽음을 슬퍼했고, 산악인 박영석과 그 일행 셋의 죽음에 이르러서는 슬픔에 겨워 나를 주체하기 어려웠다. 심지어는 내가 좋아하던 할리우드 배우의 죽음 앞에서는 며칠을 헤맸다. 그 배우와 나의 젊은 시절이 어우러져 추억 속을 넘나들며 우울해 마지않았다. 마치 그 배우와 실제로 연애라도 했던 것처럼.

옛날, 내 친구가 자기 시어머니는 옆집 개가 죽었다는 소리에도 슬퍼하시더라고 했다. 말년의 내 어머니도 당신 육촌 여동생의 시아주버니가 죽었다는 소식에도 슬퍼하셨다. 이러는 어머니를 보고 나는 속으로 어머니를 흉봤다고 앞에 썼다. '아니, 구십을 넘기고도 죽는 게 싫은가 보다.' 그러던 내가, 눈물 흔한 것을 사뭇 경멸하던 내가, 이렇게 사람들이 죽었다는 소식마다 눈물 짓고 슬퍼하는 짓거리는 뭐 하자는 시추에이션이냐 말이다.

"저들의 죽음이 나의 죽음이 아니더냐"

새벽녘, 비몽사몽 중에 섬광같이 해답이 떠올랐다. 그렇다. 타인들의 죽음이, 그것도 나와 동시대인들의 죽음이, 남의 죽음이 아니었다. 그래서 내가 슬퍼한 것이다. 타인의 죽음 더구나 나와 동시대인의 죽음은 바로바로 '나의 죽음'으로 다가오기 때문이다. 저들의 죽음은 나의 죽음이었고, 내 죽음의 예고였다. 내가 저들의 죽음을 슬퍼하는 것은 바로 나의 죽음을 슬퍼하는 것이었다!

의연하게 자기 죽음을 맞지 못하는 사람들 특히 낫살 먹은 사람들을 나는 흉봤다. 그러던 내가, 죽음을 많이 안다던 내가, 죽음을 슬퍼하는 것은 내게도 본격적으로 '죽음의 본능'이랄까, '죽음의 예감'이 찾아든 모양이다. 피상적으로, 지식으로만 알던 죽음이 나의 폐부 속 깊숙한 곳에 본능적으로 스며들었나 보다. 그래서 죽음을 예감하고 죽음을 실감하면서 죽음이 슬퍼졌나 보다.

'죽음의 예감'은 인식하는 것이 아니라, 본능적으로 알아차리는 것이다. 그리고 그것에 의거해서 행동하게 한다. 지지난해 10월에 죽은 내 친구는 꿈에도 자기가 죽을 거라는 얘기는 하지 않았다. 하지만 뭔가에 쫓기듯이 바빴다. 문병 온 니보고 자기는 빨리 여행 가방을 챙겨야 하니까 너도 빨리 집에 가서 여행 가방을 싸라고 했다. 저와 내가 여행을 갈 것이니까 어서 짐을 싸라는 것이다. 내일 아침, 늦지 않게 비행장에서 만나자고 했다. 그러면서 한편으로는 자기가 가지고 있던 저와 나의 추억이 어린 물건들을 내게 주었다. 신세진 또 다른 친구에게는 굴비를 부치고, 나보고는 밀린 동창회비를 내라고 돈을 주고, 점심 대접할 사람을 거명하면서 특별히 부탁했다.

그리고 나서 며칠을 혼수상태에 빠져 있다가 갔다. 슬픔을 주체하지 못한 나는 이 친구에게 '죽음의 본능'이 찾아왔고, 이 친구가 '죽음을 예감'하고 있었음을 나중에서야 알아차렸다. 호스피스 전문의인 오츠 슈이치大津秀一는 "인간은 누구나 자신의 죽음을 깨달을 수 있는 힘이 있다."《삶의 마지막에 마주치는 10가지 질문》고 한다.

앞서 얘기한 내 친구는 '지금 내가 죽어가고 있다'는 적확한 인식은 없었던 것 같다. 하지만 인식 이전에 죽음의 본능에 따라서 죽음을 예감하고 있었던가 보다. 그러기에 죽음에 대비하느라 그리 바빴다. 저와 내가 마땅히 가야 할 여행을 위하여 짐을 쌌다. 여행 계획도 어찌나 구체적이었는지, 여행길에 입고 갈 자기 남편의 옷차림까지 챙겼다. 무엇보다도 갚아야 할 것, 주고 가야 할 것들을 내게 맡기면서 부탁했다.

이쯤에서 나도 어렴풋이 찾아온 '죽음에의 본능'을 좇아서 차근차근 준비해야겠다. 마지막 가는 마당에 게으름을 떨다가 미처 치우지 못한 흔적을 남기지 않기 위해서라도 말이다. 과학의 발달은 의술과 수명 연장 이상의 것을 얻은 한편으로 커다란 오해도 낳았다. 가장 두드러진 오해는 죽음에 관해서다.

첨단 의술은 사람을 살릴 수 있을 거라는 선폭적인 신뢰를 심어주었다. 그런데 죽음에 대한 잘못된 인식을 버리고 죽음의 실체를 받아들이면, 우리는 역설적이게도 멋진 시절을 누릴 수 있다는데……. 죽는 과정이란 인생에 있어서 마지막 기회를 몽땅 박탈당하는 시기가 아니라, 가능성으로 충만한 시기가 될 수도 있다는데……. 침습적 치료라는 다급한 일종의 요식행위를 벗어나고 보면, 진정한 인간관계를 회복하거나 진심을 나눌 기회를 가질 수 있다고 하는데…….

호스피스 종사자들에게 들어보면, 대부분의 사람들이 더 살고 싶어 한다. M. 스캇 펙도 《영혼의 부정》에서 "죽어가는 대부분의 사람들이 마지막 순간까지도 자신들이 죽어간다는 사실을 부인한다는 사실을 기억"하라고 했다. 그러나 "자신의 죽음을 부인하지 않고 받아들이는 사람들은 자신에게 남아 있는 시간이 얼마 되지 않는다는 것을 깨닫고 자기 발전을 가속화하는 경향을 볼 수 있다." 자기 발전을 하는 중에는 참회와 심경 변화가 일어난단다. 그리고 용서와 화해가 이루어진다.

본능적으로 죽음을 알아차리고 죽음을 예감했다면, 치료될 수 있을 거라는 희망은 옆으로 밀어놓고 본다. 지난 세기의 의료 혁명을 통해 우리가 얻은 마지막 혜택을 누릴 기회를 놓치지 말아야 할 것이다. 바로 마지막까지 성장할 수 있는 기회 말이다. 죽어가는 과정은 일생에서 배움과 영혼의 발전에 가장 좋은 기회가 될 수 있다.

마지막에 나는 어떻게 살까

이 나이에 와서 하는 말인데, 임종까지 갔을 그 즈음에는 죽음, 그것이 두렵지는 않을 것 같다. 정작에 두려운 것은 죽어가는 와중에 겪어야 할 고통이다. 그리고 사랑하는 사람이 죽은 후에 살아있는 자들이 겪을 상실감, 그것이 안쓰러울 것이다(이것도 나를 비롯한 고령자에게는 해당사항이 아닐 듯하다).

사람은 살아있을 때 그러니까 몸과 마음이 멀쩡할 때 어떻게 죽을까, 죽을 준비를 해야 하고, 정작 죽을 때가 되어서는 그러니까 임종이 다가온 그 무렵에는 어떻게 살 것인지를 걱정해야 한다. 그렇다. 멀쩡하게 살고 있는 지금, 어떻게 '잘 죽을까' 하는 웰다잉을 준비해 왔다면, 정작 죽는 마당에서의 삶은 어떻게 '잘 살아낼까' 하는 웰빙을 준비해야 한다.

임종이 임박했을 그 즈음에, 견디지 못할 육체의 고통으로 정신마저 피폐해진 가운데 '나의 죽음'을 맞이하기는 싫다. 소위 '품위 있는 죽음'이어야 하는데……. 그래서 나는 이 시점을 가장 염려하고 있는 거다. 죽음은 이미 각오가 되어 있을 터. 죽음이 두려운 게 아니라 죽어가는 과정이 힘드는 그 시점의 삶이 걱정스럽다. 혹여 갖은 추태를 부려가며 주위 사람들을 곤혹스럽게 만들면 어쩌나. 참을 수 없는 고통이 얼마나 크길래 '단말마斷末魔의 고통'이라고 할까? 진정 그런 고통은 받기 싫은데. 그런 고통이야 내남직없이 피하고 싶은 고통일 테지만, 그게 맘대로 될 리가 없을 것이 걱정되는 지점이다.

몽테뉴는 "조용하고 침착하게 죽음을 견뎌야 한다."고 말했다지만, 과연 몽테뉴 선생 말씀대로 될 수 있을까. 평소 잘 죽겠다고 다져온 모든 것들은 다 어디로 가고, 동물적인 본능만이 판치는 임종의 장을 연출하면 어쩌나? 수많은 자궁암 환자를 치료했던 산부인과 여의사가 자기 암이 손으로 만져질 만큼 말기임을 알고도 남았을 그 시점에서도 "날 좀 살려 달라."고 애원했다는 얘기가 떠오른다. 나라고 별 수 없겠지. 목숨만을 살려 달라는 애원을, 설마, 혹 몰라……. 이성은 마비되고 육체적인 고통 속에서 본능만 펄펄해 가지고 살려 달라고 애원하는 산부인과 여의사처럼 해대는 그런 망발은 하지 않을 거라고 나, 자신할 수 있나? 나도 모르겠다.

워낙 아파서 이성은 간데없고 본능만 남은 인간으로까지 가지 않는다고 뉘라서 장담할 수 있겠나? 수전 손택같은 지성인도 그랬고, 차마 이름을 밝히지는 않겠지만, 우리의 석학이자 오피니언 리더 격인 분들의 임종 상황을 들어 보면……. 나라고? 오죽하면 그분들도 그런 추태를 부리지 않을 수 없었을까.

동물적인 본능이라고 했지만, 동물들도 죽음이 찾아오면 은둔자마냥 죽음의 장을 조용히 맞이한단다. 하다못해 집에서 키우던 강아지도 그러던데, 그러니 내가 동물만도 못한 사람이 될까 봐, 그렇게 되는 것이 두렵다.

　나는 내가 체통을 차리고 흔쾌히 죽음을 맞고 싶어서 노년기의 많은 시간을 들여 죽음을 천착해왔다. 아무리 배우면 뭘 하나, 내가 공부하고 그려오던 죽음을 공부한 그대로 죽을지는 알 수 없는 일이다. 겪어 보지 않은 그 시점에 대해 밀려드는 두려움과 의심은 나를 불안하게 한다.

　그래서 우리 노년들은 '자다가 죽고 싶다'거나, 아예 '사고사로 순간에 죽고 싶다'면서 염주를 돌리며 혹은 곱게 가게 해달라고 기도한다. 나뿐만 아니라 세상 모든 노인들의 간절한 소원이다. 사실 죽는다는 건 자신의 몸이라는 '집'을 떠나는 거니까 그 순간은 떠나는 사람에게나 남는 사람에게나 중요하다.

　그 중요한 순간을 의연하게 넘기고 싶다. 그 순간이 지나면, 죽어간 나로부터 살아있는 자들의 물러섬이 있을 터이다. 나의 죽음으로 내 삶은 끝날 테지만, 살아있을 저들과의 관계가 아주 끊어지지는 않을 거라는 생각이다. 하지만 나는 이 소중한 관계에 남은 사람들이 너무 집착해 있는 것도 원치 않는다. 그렇다고 해서 매정하게 바로 잊히는 비정함에는 등골이 서늘해지는 기분이다.

4장

유쾌한
죽음의 길로

들어서기

죽음이 임박한
현장에서

죽음이 축복이자 무서운 것은 독자적인 나만의 죽음이기 때문이다. 그런데 기가 막힐 일은 독자적인 나만의 죽음을 "결코 내가 경험할 수 없고, '타자의 죽음'에 대한 지식이라는 것도 사실은 타자의 죽음에 대한 경험이거나 타자가 죽기 전에 죽어가면서 자신의 죽음에 대해 말하는 이야기를 주워들은 간접 지식에 불과하기 때문"엠마누엘 레비나스이라는 사실이다.

마지막 내가 죽는 현장에 다다르면, 사람들은 죽어가는 사람을 마치 삥 둘러서 막을 치듯 막아 놓고 고립시킨다. 정작 죽는 사람은 죽어가는 사람 당사자다. 그런데 어느 시점에 다다르면, 이들은 죽어가는 당사자를 배제시킨다. 거기에 쌍방 의사소통 같은 건 없다. 의사소통이 안 되는 상황에서라도 당사자의 의중을 헤아려 볼 시도 같은 건 없다. 그저 죽어갈 사람과 살아갈 사람과의 단절이 있을 뿐이다.

죽어가는 사람은 자기가 죽을 건지 살 건지, 아무것도 모른다. 알려주지 않으니까. 죽음학회에서는 이런 태도를 '폐쇄형'이라고 명명했다. 심지어 거기에, 그 사람이 죽어가는 현장에서, '그 사람'은 없는 듯이 저희들끼리 대책을 쑥덕거리기도 한다. 사체는 어떻게 하고, 장례는 어떻게 할 거고……. 청각은 최후까지 작동한다는 상식을 모르는가. 아니면 알고도 무시하는가. 이왕 죽을 사람이니까 최소한의 배려나 예의도 차릴 필요가 없다는 건가. 이 현장에 이르기 직전까지의 장면들을 보자.

'죽어가는 자'를 존중하라

죽어가는 사람 앞에서 모든 상황은 산 자를 중심으로 돌아가게 되어 있다. 죽어가는 사람들이 산 자에게 느끼는 당혹감과 침묵은 묵살된다. 단지 죽어가는 사람에 대한 '산 자의 태도'가 죽음의 현장을 좌지우지하고 있다.

죽어가는 환자라도 한 인간으로 존중해 주어야 한다. 환자 스스로 결정할 수 있는 부분에서는 그의 자율성과 권리를 존중해 주어야 한다. 그러나 그렇지 못한 상황들이 죽음 현장에서 횡행하고 있다.

죽음의 자리에서 이러저러한 분리 심리를 날카롭게 꿰뚫어 본 톨스토이의 소설《이반 일리이치의 죽음》. 죽어가는 사람과 살아갈 사람과의 분리 심리가 어찌 그리 적나라하게 표출되어 있는지! 아직 죽어보지도 않은 톨스토이가 마치 죽어본 경험이 있는 사람처럼 써낸 얘기다. 톨스토이를 '위대하다'고 하는 지점이겠다.

이반 일리이치가 죽었다는 소식을 들은 사람들의 마음속에는 "죽은 건 그 사람이지 내가 아니야." 하는 안도감이 밀려왔다. 다음으로 동료들의 머릿속에는 이반의 죽음으로 비게 될 자리를 놓고 누구는 승진하고, 누구는 자리를 옮길 것이라는 계산들이 빠르게 오갔다는, 세상의 인심을 꼬집었다. 가족들은 어떠한가. 석 달 넘게 앓는 동안 아내의 머릿속은 돈 계산이 오갔고, 딸은 청혼받고 결혼하는 일에 몰두해 있었다. 다만 아들이 아버지를 생각하며 슬퍼했다. 그리고 하인 게라심만이 정직하게 주인을 대해 줬다. 죽어가는 사람의 아픔을 덜어주려는 순박한 마음으로 시중을 들었을 뿐이다.

지나친 동정은 무관심만큼이나 참기 힘든 것이라고 했던가. 괴로운 가운데 이반을 가장 괴롭힌 것은 동정심으로 포장한 사람들의 '기만'

이었다. "주위 사람들은 모두 그가 죽어가고 있는 게 아니라 병이 났을 뿐이며, 조용히 안정을 취하면서 치료받으면 좋은 결과가 나올 거라는 거짓말을 하고 있었다. 하지만 이반은 어떤 치료법도 효과가 없으리라는 것, 이제 남은 것은 훨씬 지독한 고통과 죽음뿐이라는 것을 알고 있었다." 그리고 "죽음이라는 무섭고도 엄숙한 행위를 사교적인 방문이나 커튼이나 만찬 때 먹는 철갑상어 수준으로 타락시키는 거짓말이 이반에게는 지독한 고통이었다."

진실만이 최선이다

모든 사람들은 낙관주의자마냥 연기하고 있었다. 수전 손택의 죽음을 말한 《어머니의 죽음》에서는 죽어가는 본인이 죽음을 밀쳐내는 통에 아들은 마치 일본의 가부키 배우가 짙은 화장발로 마치 가면을 쓴 듯 죽음을 얘기하지 못했다고 했다.

진실만이 최선의 길이다. 거짓말은 죽어가는 사람에게 마지막 평화는 물론 존엄성 깃든 죽음마저 뺏을 수 있다는 것을 의료진이나 가족들이 기억해야 한다. 이반 일리이치를 봐도 현실을 부정하고 진실을 외면하면서, 크나큰 죽음의 고통을 겪는 장면이 나오지 않던가.

죽어가는 사람이 마치 살아있는 사람들에게 아첨하듯 덩달아 옵티미즘(낙관주의)을 연기하는 상황이 벌어지는 경우도 있다. 아니면, 설마 내가 죽기까지 하겠어 하는 '믿음'을 확인사살하기 위한 것일 수도 있다. 또 다른 이유는 죽어가는 당사자가 죽지 않을 거라는 옵티미즘을 연기함으로써 남을 가족들을 위로하려는 것일 수도 있다. 어쩌면, 요즘 애들 말대로 죽음을 이기고 삶을 향해서 "아자~ 아자~" 하는 심정일 지도 모르겠다.

이처럼 오늘날, 죽어가는 현장에서 거짓말이 횡행한다. 가족은 환자를 향해서, 의사는 환자나 그 가족을 향해서 차마 '죽는다'는 그 금기의 단어를 올리지 못하고 있다. 환자 자신은 차마 가족들에게 자기 죽는 얘기를 하지 못하고 있다. 이런 기만과 거짓과 사기에 가까운 말과 분위기가 죽음의 현장에서 벌어지고 있는 것이다.

죽음이라는 고독한 만남의 현장에서 모든 사람들이 하는 거짓말 즉 그는 그저 환자일 뿐 죽어가는 것이 아니라는 거짓말이 죽어가는 사람을 더 고립시키고 외롭게 만드는 것이란다. 진실을 모른 채 마지막을 '착각' 속에서 보내다니. 아리에스는 이것을 "난처할 정도로 품위 없는 죽음"이라고 명명했다.

"이와 같이 죽음을 (자신 타인 다) 공개적으로 인정하는 데 대한 빈

번한 혐오감과 그 혐오감 자체를 통해서 죽어가는 자에게 강요된 정신적인 고립감 그리고 그 결과에서 기인하는 의사소통의 부재, 죽음의 의식에 대한 의학화가 그것이다."《죽음의 역사》라고 했다.

이와 같이 죽어가는 사람은 무력화되고, 그의 욕구는 더 이상 타당한 것으로 인정되지 않고 고려 대상이 아니다. 우주는 살아있는 사람 위주로 돌아가고 있는 것이니까.

지금은 옛날 사람들에 비해서 내남직없이 엄청 나이를 먹은 다음 죽음을 만난다. 어려서 죽는 죽음도 아니고, 죽어도 괜찮을(?) 나이가 됐는데도 언제까지 "난처할 정도로 품위 없는 죽음"을 맞게 할 것인가. 언제까지 인생 최대로 중요한 시기를 거짓으로 둘러싸여 있게 할 것인가. 언제까지 죽어가는 사람을 거짓과 기만 속에서, 고립과 고독감 속에서 가엾이 죽어가게 할 것인가.

마지막 졸업시험을 치르는 심정으로

어느 누구도 대신해줄 수도 없을 뿐 아니라, 같이 죽어줄 수도 없는 내 죽음이다. 그렇다면 나 홀로 죽어가는 현장은 어떨까. 아마도 사람들이 (아마도 가족과 의료진일 것이다) 지켜보기는 할 것이다. 돌발 상황이 아니라면 말이다. 사람들이, 그것도 가깝거나 필요한 사람들이 지켜봐 주면 뭐 하나. 어차피 나 홀로 죽어가야 할 것인데. 누구 말마따나 인생의 마지막 통과의례인 것이다. 이 통과의례를 제대로 치러내는 것이야 말로 내가 살아온 세상과의 마무리를 제대로 해내는 셈일 텐데……

그리고 남은 사람들에게 마지막으로 보여야 할 모습이기에 나는 중요하다고 생각한다. 행여 그 모습이 회상하기도 끔찍한 모습으로 변해 있으면, 어쩌나. 끔찍한 내 마지막 모습이 사람들 뇌리에 각인돼 있으면, 어쩌나. 안 그래도 호스피스 운동의 창시자인 시슬리 손더스는 "사람이 어떻게 죽는지는 남겨진 가족들의 기억 속에 계속 머물러 있다. 우리는 마지막 고통의 성질과 그 대처에 관해서 충분히 알아야 한다. 마지막 몇 시간에 일어난 일들이 남겨진 가족들에게 마음의 치유가 되기도 하고, 상실의 슬픔에서 회복하는 데 방해가 되기도 한다."고 했다.

하지만 마지막 내 모습과 내 마음이 어찌될 지 뉘라서 알 수 있는가. 어쩌면 내 몸과 마음 모두 끔찍한 모습이 되지 않는다고 장담할 수 없지 않은가. 만약 그렇다면 그런 끔찍한 모습으로 변하기까지 그 어간에 겪었을 나의 괴로움, 그것은 어쩔 것인가. 그리고 그것을 지켜봤을 남은 사람들에게 이 무슨 못할 짓인가.

그렇다. 아름다운 모습, 의연한 모습으로 이 생에서 마지막 치르는 졸업시험을 잘 치러야겠다는 열망을 나는 일찍부터 갖고 있었다. 내 열망대로 잘 죽은 내 모습이 남은 가족들에게 치유가 될 뿐 아니라, 담담하니 의연하게 갈 수 있었던 그 너머에 있는, 어떤 보이지 않는 '손길'마저 남은 사람들이 느끼고 깨닫는 계기가 되었으면 하고 나는 감히 바란다. 이렇게 되는 것이야말로 바로 나의 아르스 모르엔디ars moriendi(아름다운 끝맺음)를 이루어내는 것일 테니까.

"죽음을 견디는 것도 삶이며, 그 또한 값진 마무리임을 알게 했다. ······ '한 번도 죽는다고 생각하지 않으면서 동시에 곧 죽는다는 생각'으로 한 우주를 완성했다. 죽음은 한편 얼마나 위대한 축복인가. 이 봄, 일년생 꽃나무처럼 군더더기 없는 그의 생로병사에서 존엄한 소멸을 배운다면 좋겠다." 이나리, 칼럼 '건축가 정기용의 죽음에서 겸허·존엄한 소멸을 배운다'에서, 중앙일보

스스로 죽을 때를 아는 이

죽음의 시기를 서둘러 판단할 것은 아니라지만, 끝내 죽음을 인정치 않는 사람도 있다. 100년을 살더라도 죽음 의식이 없으면, 천하 없는 지식인이라도 죽음을 인정치 못하는 사람이 되더라는 사실이다. 또 하

나는 의외로 죽음을 별 거 아니라고 경시하던 사람들이 막상 죽음이 닥쳤을 때 당황해하고, 죽음을 용인치 못하고, 버둥대다가 죽음을 당하기도 한다.

반대로 죽음을 마치 구원의 뭐라도 되는 듯이 꿈꾸는 사람들이 있다. 이들처럼 죽음을 무턱대고 동경한 나머지 죽음을 서둘러서도 안 되겠지만, 첨단 의술을 써서까지 문 앞에 온 죽음의 입장을 허락하지 않는 이들은 더 곤란하다. 지지부진 죽음을 지체하는 건 누구에게도 도움이 안 된다.

대체로 사람들은 죽음을 승인한다. 하지만 대부분의 사람들은 마지막 순간까지도 죽어가면서 그들이 죽어간다는 것을 부인한다고 했다. 하지만 내 보기에, 나이가 많은 소위 천수를 누릴 나이까지 왔다고 할 만한 노인들을 보면, 대개 별 말없이 다가오는 죽음에 순응한다. 사람은 자연발생적인 깨달음으로 죽음에 대한 예고가 있다는 말대로인가 보다.

100세가 되자 스스로 죽을 때가 되었다고 하면서 하늘과 별과 바람을 느낄 수 있는 자기 집 뜰에 누워서 죽은 스코트 니어링을 봐도 그렇다. 그렇게 열심히 삶을 챙겨가며 살던 분이었는데 당신이 죽음의 현장에 온 낌새를 채고는 곧바로 죽음의 현상을 바로 승인하는 비금비

금한 모습을 우리는 소위 천수를 누렸다는 어른들에게서 봐 왔다.

지금은 21세기. 예전에는 있지도 않았던 죽음 공부라는 것도 해왔다. 나잇살도 먹을 만큼 먹었다. 그러하니 소설 속 이반처럼 혹은 현실 속의 수전 손택처럼, 죽음을 혐오하고 괴로워하는 과정을 생략할 수는 없는 걸까. 죽음이 다가오는 기미가 보이면, 바로바로 자기를 발견하고 의연한 태도로 죽음을 맞으면 좋으련만······ 그래도 이반은 미지막에 좋은 죽음을 그리고 구원을 받았다고 우리의 위대한 톨스토이 선생은 묘사하고 있다.

"이반 일리이치가 마지막 3일을 고함치며 고통으로 몸부림치다가 ······ 마침 중학생 아들이 아버지 방으로 조용히 들어와 그 손을 붙잡고 입술에 갖다 대어 꼭 누르며 울기 시작했다. 바로 그 순간 일리이치는 자루 밖으로 떨어졌으며, 빛을 보았다. 그의 삶은 잘못된 것이지만 그것을 바로 잡을 느낌이 들었다고 했다. 그것은 '아주 부드럽고 달콤하게 어딘가를 향해 미끄러져' 가는 느낌이었다고 했다."

그러나 이반이 "아주 부드럽고 달콤하게 어딘가를 향해 미끄러져 내려가 빛을 보기" 그 직전까지 보냈던 그 시간들을 나는 그냥 지나칠 수가 없다. 그 지독한 육체의 아픔과 영혼의 외로움은 끔찍했다. 현대 의학은 통증을 조절해준다지만, 그게 그렇다. 내가 두려워하는 것도 죽음에 따라오는 '고통에 대한 두려움'이다.

흔히 자신의 몫을 다했다고 생각하는 사람에게 죽음은 더 쉬운 것으로 다가온다는 얘기가 있다. 반대로 인생에 소홀했다고 생각하는 사람에게는 죽음이 더 힘든 것으로 다가온다는 소리도 있다. 내가 봐 왔고, 들어온 바에 의하면, 이 말이 모든 맞지는 않는 것 같다. 김수환 추기경의 죽음을 봐도 그렇지 않은가. 그 고통이 오죽했으면, "우리 추기경님 무슨 보속할 것이 그리도 많아서 이렇게 길게 고난을 맛보게 하십니까? 추기경 정도 되는 분을 이 정도로 족치신다면 나중에 저희 같은 범인은 얼마나 호되게 다루시려는 것입니까? 겁나고 무섭습니다."_{강우일 주교신부의 조사}라고 절규하게 만들지 않았던가.

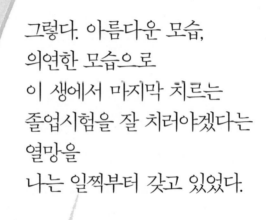

그렇다. 아름다운 모습,
의연한 모습으로
이 생에서 마지막 치르는
졸업시험을 잘 치러야겠다는
열망을
나는 일찍부터 갖고 있었다.

내 열망대로 잘 죽은 내 모습이
남은 가족들에게 치유가 될 뿐 아니라,
담담하니 의연하게 갈 수 있었던 그 너머에 있는,
어떤 보이지 않는 '손길'마저 남은 사람들이
느끼고 깨닫는 계기가 되었으면 하고
나는 감히 바란다.
이렇게 되는 것이야 말로
바로 나의
아르스 모르엔디(아름다운 끝맺음)를
ars moriendi
이루어내는 것일 테니까.

"죽음을 탈취하지 못하도록
플러그를 뽑아라!"

97세 된 내 친구의 어머니는 10년 전, 유방에 집히는 것이 있었다. 딸들이 병원에 모시고 가니, 짐작대로 암이었다. 어머니는 아흔이 가까운 나이에 수술은 무슨 수술이냐고 치료와 수술을 완강히 거절했다. 10년이 흐른 지금, 다리만 불편하지 건강하게 사시고 있다. 그것도 혼자서 사신다. 속설대로 암도 늙어서 활동을 못하고 축 처져 있는 모양이다.

　이처럼 어느 나이가 되어서는 치료나 수술을 기피하는 노인들이 있다. 사려 깊은 처사로 보인다.《계노록誡老錄》을 쓴 일본의 소노 아야코도 어느 나이가 되어서는 병 치료를 포기하겠다고 했다. 연명치료에 집착하지 않겠다는 의도가 보인다.

삶의 마무리를 품위 있게

이처럼 고령의 노년과 임종 환자에게는 적극적인 치료나 근본적인 치료를 할 필요성이 떨어진다. 그 대신 '완화치료'와 '간병의 필요성'이 절실할 뿐이다. 위험을 무릅쓰고 적극적인 치료(예컨대, 수술이나 장기이식 등)를 해 봤자 그 결과는 불확실할 확률이 크다. 더구나 성공하더라도 대개 얼마 못 가기 때문이다. 이처럼 결과는 별로이면서 겪어야 하는 그 고통과 대가는 얼마나 클 것인가. "노인의 수술은 성공적으로 끝났어도 결과는 부정적일 확률이 크다."고 눌랜드 박사는 말했다.《사람은 어떻게 죽는가》

2년 반을 줄기차게 치료해 오더니만 어느 날, 느닷없이 "우리는 더 이상 아무것도 해드릴 게 없습니다."라는 언도를 내리는 의사 앞에서 망연자실하던 기억이 있다. 지지난 가을, 나를 슬픔에 겨워하게 만들며 죽어간 내 친구의 병실에서였다. 미하엘 데 리더 박사는 이런 말은 의사가 결코 해서는 안 된다고 했다. "의학에는 언제나 희망이 존재한다. 비록 병의 치유와 건강 회복에 대한 희망은 아니더라도 고통과 통증, 병 중에서 해방되리라는 희망 그리고 평화로운 죽음에 대한 희망이 있지 않느냐." 라고 했다.《우리는 어떻게 죽고 싶은가》

어느 나이에 이르러서는 내 삶의 질을 위하여 내 친구의 어머니처럼 그리고 소노 아야코처럼 나도 내 병의 치료를 사양하고 싶다. 가뜩이나 임종 의료비가 기하급수적으로 늘고 있는 추세다(한국보건사회연구원에 의하면 2015년에 53조 원, 2030년에 181조 원, 2050년엔 516조 원으로 늘어날 것이다). 나는 적극적인 치료보다는 완화의료 쪽에 의탁하는 것이 낫다고 생각한다. 인간으로서 품위 있게 삶을 마무리할 수 있도록 도와드리는 것이 완화의료다.

사람들의 수명은 길어졌다. 수명이 길어졌다니까 건강하게 사는 기간이 길어진 것으로 오해한다. 하지만 평균수명이 길어졌지, 건강수명이 평균수명만큼 길어진 것은 아니다. 다시 말해서 심신이 건강한 청장년기의 길이는 그대로다. 청장년기의 확장이 아니라, 노년기의 확장으로 수명이 길어진 것뿐이다.

일상생활을 영위하기가 어려울 정도의 기간이 길어지는 시대가 왔다. 노년기에 아픈 기간이 길어지는 소위 생애손실 기간이 마냥 길어진 현실에서는 완화의학의 비중이 커질 것이다. 완화의학의 필요성은 날로 늘어나고 그리고 그 중요성은 커질 것이다. 장수국가의 하나인 독일은 완화의학의 수요가 공급보다 4배나 많다고 한다. 우리나라의 경우 완화의학의 실태가 열악한 것은 명약관화다.

완화의학이 다룰 분야는 '완치를 바랄 수 없는 병'을 가진 사람(주로 나이 먹은 사람일 것이다)들과 죽어가는 사람들이다. 완화의학의 핵심은 이들의 욕구에 맞추어 '임종의학'을 포함해서 그 이상을 훨씬 뛰어넘는 분야까지 포함하고 있다. 완화의학에서는 ①병 자체에 중심을 두는 의술을 버려야 하고, ②어떻게 해서든지 생명을 유지시키려는 태도에서 벗어나야 하고, ③병든 장기가 아니라 병든 사람을 중심에 두어야 한다.

자연스러운 죽음 맞기

94세, 소위 천수를 누렸다고 할 만한 내 어머니의 죽음을 봐도 그랬다. 극도로 쇠약해졌고 기운이 없어졌을 뿐, 더럭더럭 어디가 아프다고 하지 않았다. 미하엘 데 리더에 따르면, 이처럼 "자연적인 죽음을 맞는 대부분의 환자들은 질병의 말기 단계에서는 고통에 시달리지 않는다. 수분이 부족해도 그리 고통스럽지 않고 불안이나 불쾌감을 수반하지도 않는다. 오히려 자연이 그런 방식으로 진정시키는 작용을 하면서 죽음의 과정에 개입한다는 것을 보여준다. 가령 체지방을 분해할 때 발생하는 케톤같은 물질 그리고 칼로리 섭취 감소와 결부된 물질대사의 변화들은 고통을 완화하는 효과가 뛰어난 것으로 알려져 있다. 게다가 수분 부족은 의식을 둔화시키고 죽음의 단계에서는 불안을 진정시키는 작용도 한다." 《우리는 어떻게 죽고 싶은가》

그러니 말기 환자에게 튜브나 인공 영양공급은 이점이 없다는 쪽으로 결론이 났다. 스칸디나비아 반도의 나라들과 미국에서는 이미 그들의 연구 결과대로 인공 영양공급을 임종환자에게 쓰지 않는 방향으로 바꾸기로 했다고 한다. 앞으로는 의술의 중심 과제는 완화적 치료고, 하위과제가 병의 치료로 역전될 것이라는 전망이 있다. 오죽하면 완화의학이 '트로이의 목마'가 될 것이라는 말이 있을까.

보통 우리가 해오던 환자에 대한 배려도 임종 때에는 180도 바뀌어야 한다. 자연적인 방법으로 음식물을 소량 제공하고, 수분과 얼음조각을 조금 주거나 입술 주변을 축축하게 해 주어도 모든 환자가 예외 없이 배고픔과 갈증을 느끼지 않았다는 사실을 이 책에서는 언급하고 있다.

그러니까 영양공급 즉 먹어야 병도 이기고 기운을 차린다는 일반적인 생각을 버려야 한다. 소위 V.S.E.D.(Voluntary stopping eating and drinking, 자발적인 식음 중단)로 좋은 죽음을 맞은 경우도 있지 않은가. 얼마 전 세상을 떠난 내 친구의 경우 남편이 마지막까지 아내에게 잘 해준다고 최후까지 고가의 영양제를 주입해주더니……. 지극한 남편의 마음과는 달리 아내의 몸은 퉁퉁 부은 채 견뎌내느라……, 애써 힘들게 해준 셈이 됐다. 쯧쯧.

자연적인 죽음의 과정은 몇 주에서 심지어 몇 개월이 걸릴 수도 있다. 환자는 식욕이 없어지고 몸무게가 줄어든다. 음식물과 수분 섭취도 거의 없어져 간다. 따라서 기력은 점점 줄어든다. 까부라지듯 잠을 많이 자는 일이 잦아지다가 결국 의식이 몽롱한 상태에 빠지게 된다. 그러다가 대부분 감염, 주로 폐렴으로 죽음에 이른다. 그래서 오슬러는 폐렴을 '노인의 친구'라고 말했듯이 이 병은 빠르고 고통 없는 죽음을 가져다주는 데 일조하고 있다.

죽음이 임박해서는 내가 좋아하는 소통도 불통사태가 된다. 말하기도 어려워진다. 마치 죽음을 예습하듯이 잠을 많이 자고, 외부자극에도 무반응에 가까워진다. 이럴 때에는 조용히 옆에서 지켜봐주는 그것으로 충분하다. 이런 상황에서도 청각은 작동한다니까, 무슨 말을 하고 무슨 소리를 내야 할 것인지는 불문가지다. 가래가 끓어도 우리 생각처럼 그렇게 불편한 것은 아니라니까 가래 제거를 지나치게 하지 않아도 된단다. 하지만 춥거나 더워하면, 그때그때 따뜻하게 해주거나 시원하게 해주는 것은 필수다.

팬 웍이 쓴 《죽음의 기술》을 보면, 죽어가는 사람은 거의 예외가 없을 정도로 가까웠던 죽은 사람들을 만나기도 하고 심지어는 대화까지 나눈다고 한다. 이때 옆에 있는 사람들은 이런 현상을 지지해주고 나무라거나 위축시키지 말라고 한다. 고백컨대, 내 어머니는 돌아가시기 며칠 전부터 창문 밖에 누가 찾아왔다고 했다. 나보고 나가보라고 했을 때, "엄마는 지금이 정신 바짝 차려야 할 때"라고 퉁명스레 던져버린 그 말들이 지금, 내 가슴을 친다. 지금에야 아는 지식을 그때도 알았더라면…… 때 늦은 후회를 어이 할까.

때맞춰 나는 죽음을 허락받고 싶다

혹여 자연적인 죽음이 아니라, 병으로 고통 속에 죽어가는 경우에 우리는 어떻게 해야 할까. 그때는 부득이 모르핀 처방을 울티마 라티오 ultima ratio 즉 위험이 수반되는 최후의 수단이라는 그것을 써야 한다고 생각한다. 모르핀과 유사한 물질 사용을 꺼리는 이유는 '악마화'로의 개연성과 '의존성' 때문이다

사실 우리나라에서는 그 의존성을 염려해서인가, 서구 나라들보다 모르핀 사용을 억제해왔다. 실제로 의존성이 생기는 것이 사실임을 나는 내 아버지의 죽음에서 봤다. 내 아버지가 말기암으로 석 달을 앓는

동안 나는 법을 어겨가면서까지 모르핀을 놔 드렸다(1970년대는 모르핀 사용이 지금보다 많이 제한됐다). 마지막 즈음에는 모르핀 주사를 맞는 간격이 점점 줄어들었다. 시간이 아직 되지 않았는데도 주사를 또 놔 달라고 하셨다. 간호하던 어머니가 "조금만 더 참으라."고 하자, 아기보다 더 기운이 없어진 아버지가 손을 겨우 들어 때리는 시늉을 하셨다. 이건 뭘 말하는 건가. 중독에 다가갔다는 징표이리라. 하지만 죽어가는 사람에게 중독 증세가 생긴들 어떠랴. 아프지 않고 보는 게 우선이지.

나는 내 생애 마지막에 통증을 잊게 해준다는 약에 의존하련다. 얼마나 통증이 심했으면 의사인 슈바이처는 "나는 모르핀 없이는 의사이고 싶지 않다." 라고 말했을까.

죽음의 과정과 그 도래가 순간이 아니라 며칠 혹은 몇 달이 걸릴 수도 있다고 한다. 이 긴긴 시간을(고통스러울 때 시간은 얼마나 더디던가) 몽롱하더라도 고통 없이 보내고 싶다. 행여 의사들은 "우리가 할 수 있는 모든 것을 다 한다."는 야누스적이고 확고부동한 의료 원칙이 내 생의 마지막 순간을 지배하지 않도록 해야 한다.

짧은 시간, 단 1퍼센트의 가능성만 비쳐도 치료하려고 드는 의료계의 현실을 피해서, 때맞춰 나는 죽음을 허락받고 싶다. 무려 다섯 가지가 넘는 기기를 꽂고 생명을 연장시키는 건 사양이다. 끊어진 숨을 되살리려는 전기 충격으로 살타는 냄새까지 풍기며, 갈비뼈가 부러지면서까지 심장을 억지로 작동시키는 건 절대 사양이다.

히포크라테스 전집에도 "현재의 치료 수단에 비해 병이 너무 강한 것으로 드러나면, 의사는 의술로 병을 제압할 수 있으리라고 기대해서는 안 된다. …… 가망 없는 치료를 시작한다는 것은 광기와 비슷한 어리석음이나 다름없다."고 했다.《우리는 어떻게 죽고 싶은가》

병으로 아파하며 죽음을 앞에 둔 상태에서 내가 바라는 현장을 보자. "나는 남편과 상의한 뒤 부인이 실제로 마취 상태인 이 잠에서 더 이상 깨어나지 못하게 했다. H부인이 죽음의 고통을 체험하지 않을 만큼의 모르핀과 진정제를 주사한 것이다. 그런 다음 H부인을 내 병동의 환한 1인실로 옮기게 했다. H부인은 그로부터 36시간 뒤 남편에게 손을 맡긴 채 숨을 거두었다."《우리는 어떻게 죽고 싶은가》 안락사에 가깝다. 아닌 게 아니라, 5년 전 과학적 근거가 없다는 사실이 밝혀졌는데도 간접적 안락사라는 오해를 받은 적도 있었단다.

"만약 환자가 의사의 보호를 받으면서도 고통스럽고 비참하게 죽어간다면 그거야말로 의학술의 실패"라고 미하엘 데 리더가 말했다. 이 말대로라면 독일이나 한국을 막론하고 의학술의 실패는 만연하고 있

는 셈이다. 부디 "사람들이 나에게서 죽음을 탈취하지 못하도록"《죽음의
역사》 때가 되면, 내 몸에서 플러그를 빼도록 조치해야 하리라.

'아름다운 죽음'을 맞은 친구

고통이 따르는 무의미한 의료행위를 계속하기보다는 현재 죽어가는
사람과 가까운 이들은 그들이 사랑하고 또 걱정한다는 몸짓을 보이는
것이 더 중요하단다. 그런데 요즘 가족 간에도 쿨한 관계를 지속하다
보니, 죽어가는 사람에게 격려와 위안을 줄 수 있는 능력이 결여되어
있는 것처럼 보인다.

"죽어가는 사람의 손을 쥐어 주거나 쓰다듬거나 변치 않는 사랑과
보호의 느낌을 주는 행위 등을 스스럼없이 하지 못하는 것이다. 강력
하고 자연스럽게 분출되는 감정 표현을 금하는 문명의 금기가 그들의
혀와 손을 묶어 놓았다. 그리고 살아있는 사람들은 반쯤은 무의식적
으로 죽음을 위협적이고 전염이 되는 어떤 것으로 느끼면서 부지불식
간에 죽어가는 사람들로부터 물러선다. 그러나 친한 사람과 헤어질 때
처럼 마지막 길을 떠나는 사람에게 에누리 없는 애정을 보여주는 것,
그것은 신체적 고통을 완화시켜 주는 것과는 별도로 남아 있는 사람

이 줄 수 있는 그 어떤 것보다 중요한 일일 것이다." 노베르트 엘리아스, 《죽어가는 자의 고독》

'아름다운 죽음'을 맞았다고 생각하는 친구가 있다. 이 친구는 근무력증 등등으로 마흔 살 무렵부터 아팠는데 20여 년간 병을 앓으면서 그야말로 죽음 준비를 오래도록 해왔다. 죽음 준비는 당사자만 한 것이 아니라, 가족과 주위 사람들에게도 철저히 시켰다. 남편이 미국 대학병원의 석좌교수였으니, 의학적으로 명확한 치료의 한계가 온 것에는 의심이 없었다.

예순여덟, 임종이 다가왔을 때 본인이나 주위 아무도 놀라지 않았다. 양 손은 아들과 딸이 잡고, 양 발은 이모와 동생들이 잡은 채, 조용히 숨이 사그라졌다(남편은 그때 이미 돌아가신 상태다). 죽어간 사람으로부터 살아있는 자들의 물러섬이 그리도 자연스러울 수가 없었다. 그리고 그 주위로 점차 번지는 침묵은 임종 이후에도 얼마간 계속되면서 사람들을 숙연케 했다. 이같이 자연스럽고 아름다운 임종 얘기가 퍼지면서 내 친구들은 모두 이 친구가 '아름다운 죽음'을 맞았다고 입을 모았다.

나의 아름다운 죽음을 위하여

죽음의 과정과 그 도래가 순간이 아니라
며칠 혹은 몇 달이 걸릴 수도 있다고 한다.
이 긴긴 시간을(고통스러울 때 시간은 얼마나 더디던가)
몽롱하더라도 고통 없이 보내고 싶다.
행여 의사들은
"우리가 할 수 있는 모든 것을 다 한다."는
야누스적이고 확고부동한 의료 원칙이
내 생의 마지막 순간을 지배하지 않도록 해야 한다.

죽음을 계획하는
사전의료지향서

대부분의 사람들은 죽음을 계획하지 않은 채, 이렁저렁 살아가고 있다. 요즘 일부에서는 웰빙에 이어서 웰다잉을 위하여 죽음을 계획하기도 한다. 하지만 글쎄, 세상 모든 일이 맘먹은 대로 되지 않는 게 태반인데, 내 죽음이라고, 내가 잘 죽겠다고 해서 내 맘대로 될 리가 있겠나.

  하지만 죽음이란 놈은 '죽음' 자체의 계획 속에다 우리를 밀어 넣고 있다. 죽음이라는 틀 속에 갇혀서 인간은 존재하고 있다. 그러니 세상 어느 누구라도 죽음에서 자유로울 수 있단 말인가. 이쯤에서 우리 인간, 숙제를 미루는 애들처럼, 자기 죽음문제를 미뤄 놓고 있을 수만은 없다.

일취월장 발전하는 의료기술은 "의학의 본래 과제는 생명의 불꽃을 활활 타오르게 하는 것" 이라는 데서 "그 불씨가 희미하게나마 깜박이도록 유지하는" 쪽으로 변질되어 가는 것 같다고 한다. 그 결과 의학은 우리를 '제 때', '제대로' 죽을 수 없게 할 수도 있다.

무작정 삶을 연장하라고?

실제로 많은 사람들이 죽음을 준비하기보다는 무작정 삶을 연장하는 쪽으로 나아간다. 현대의 발전된 의학기술을 적용해서 죽을 사람도 호흡과 심박동을 상당기간 지속시키고 있다. 삶이 끝났어야 할 목숨을 인위적으로 연장시키고 있다. 입에 코에 목에 구멍마다 줄줄이 의료기기를 꽂은 채 중환자실에서 명줄만을 이어 가고 있는 생명체로 살고 있는 것이 무슨 가치가 있을까. 그런 삶을 살고 있는 사람을 살아 있다고나 할 수 있나. "'의학적인 폭력'을 통해 혈액 속으로 한 개의 산소분자를 더 집어넣겠다는 생각은 내게는 비참하게 보인다."라고 고백하는 의사를 단순히 비정하다고만 나무랄 수 있을까.

얼마 전에 죽은 내 친구의 남편은 "마치 치료를 더 많이 해 줄수록 더 많이 부인을 사랑하고 부인에게 속죄한다."는 듯이 연명을 끌고 나갔다. 이처럼 회복 가능성이 전무하다는 사실을 외면하려 드는 가족 때문에 임종기간이 마냥 길어지는 광경을 더러 목격하게 된다. 이런 때 그런 치료가 불필요할 뿐 아니라, 외려 죽어가는 사람에게는 고통만 주는 거라고 차마 말을 할 수가 없었다. 바른 말을 야멸차게 한다는 소리를 들어오던 나도 그런 상황에서는 차마 말을 하지 못하겠다. 그런 때 그런 충고는 마치 한마디로 "아무개를 빨리 죽이라." 하는 것 같아서다. 무엇보다 내 충고 따위를 들은 체도 하지 않는 데는 속수무책이다. 이처럼 환자와 가족 간에 미련이 남아 있다면, 치료를 중단하는 것이 어렵긴 어려울 거다.

"끝까지 치료하지 않는 것은 병을 이길 의사의 권능을 일부러 사용하지 않는 것"폴리 첸, 《나도 이별이 서툴다》으로 오해하는 사람들을 우리 주위에서 심심치 않게 볼 수 있다. 개중에는 의사로서 치료 실패를 인정하는 것 같아서, 또 이를 못 견뎌서 온갖 수단을 써서 명줄만을 늘리려 드는 의사를 만날 수도 있다. 어쩌나.

이런 때 명줄을 늘리려고 온갖 의료기기를 달고 꽂고 해가며 고통의 시간을 겪고 있는 노부모나 유명인의 긴긴 임종기간을 보는 것은 끔찍한 일이다. 대개 효성 깊고 재력 있는 자식들을 둔 노부모나 남편 그리고 사회에서 떠받드는 어른들이 마지막에 이런 수난(?)을 겪는 경우가 흔하다.

가망 없는 중환자가 아무리 그들 가족에게는 애틋한 분일지라도 그리고 사회에서 없어서는 안 될 아무리 중요한 인물일지라도 그분들로 하여금 희망 없는 고통을 겪게 하는 것은 비인간적이다. 명줄만을 이어 주는 의료기기보다는 통증을 관리하며 인생을 정리할 기회를 갖도록 해주는 것이 더 인간적이지 않는가. 이것이 참 효도요, 참 예우다.

그런데도 최후까지 중환자실 치료를 해주는 것이 효도요 예우라는 오도된 가치관에 밀려나면, 사태는 내가 끔찍하게 생각하는 임종기간이 된다. 그래서 "가장 인간적인 치료는 아마도 의료적인 진료를 연장시키지 않는 것"《죽음과 함께 춤을》이라고 고백하는 의사가 있다. 바로 죽음을 무수히 지켜봐 온 이의 진심어린 고백이다.

윌리언 빈 오하이오대 교수는 이렇게 말한다. "모든 희망이 사라져버렸을 때, 꺼져가는 생명을 희미한 그림자로나마 지켜주는 것은 오직 과학적인 장비뿐이다. 그러나 그것도 완전한 죽음을 잠시 연기해줄 수 있을 뿐 오히려 고귀한 생명을 우습게 만드는 불필요한 의지다."《반만 버려도 행복하다》

이따위 '위장된 효도'나 충성심으로 임종을 연장시키는 것은 바로 죽음의 과정을 비인간화시키고, 자연적인 죽음의 길을 막는 셈이다. 무

129

지한 효도를 하는 자식이나 죽음을 진료의 실패로 보고 계속 중환자를 치료하는 의사를 피하기 위해서 우리는 소위 '사전의료지향서'를 써두어야 할 필요가 있다.

'제 때', '제대로' 죽으려면

이처럼 제 때에 제대로 죽지 못할 때의 대비책으로 생각해낸 것이 사전의료지향서다. 이를 활용하면 어떤 돌파구가 보인다. 우리나라 대법원은 회생이 불가능한 말기 환자 치료의 계속 여부는 "죽음에 임박한 본인"의 결정을 우선해야 한다고 판결했다.

분명한 것은, 사람 누구나가 장래 언젠가는 "죽음에 임박한 본인"이 될 것이다. 결단을 내렸어야 했다는 사실을 너무 늦게 발견하지 않기 위해서는 내 죽음이 임박하기 전, 몸과 마음이 온전할 때 내 의견을 미리 밝혀 두자는 얘기다. 그렇게 해놓으면 가족 특히 자식들이 이럴 수도 저럴 수도 없어 할 때 저들을 자유롭게 해줄 수 있다.

만약 환자 자신이 아무런 의사표시를 하지 않았다면, 그 환자의 생명은 의학적으로 연장시켜야 하는 대상이 된다. 어느 가족이고 자식들이고 의료기기를 떼어내면 곧바로 숨이 끊어져 죽어버릴 게 뻔한데,

누군들 이 기기를 떼라고 쾌쾌히 말할 수 있는 사람이 있겠나. 나 말고는 할 수 없는 결정을 내가 내려주는 것이 '사전의료지향서 Advanced Directiveness'다.

의사들의 입장도 그렇다. 예전에는 생명유지요법을 제한하거나 거부하고자 하는 의사가 있더라고 그리 할 수가 없었다. 2004년에 일어난 보라매병원 의사 사건처럼 처벌받지 않을 법적인 토대가 이제는 마련되어 있다. 이 사건을 계기로 의사들은 법적인 문제에 휘말리는 것이 두려워서 치료를 계속해야 한다는 의무감에서 자유롭게 되었다. 더 나아가서 치료 중단에서 자유로워진 의사들이 의료 중단의 당위성을 들어가면서 환자나 그 가족을 설득하기도 한다. 그런데도 의사로서 진료의 실패에 따른 패배감이랄까 무력감 때문에 치료를 옹호하는 마음과 치료 결과를 두려워하는 마음이라는 모순된 심리 사이에서 어려운 윤리적 고뇌를 하게 된다는 의사의 고백도 있다.

미국의 한 연구에 따르면, 레지던트의 4분의 3이 가망 없는 환자에게 양심에 반하는 진료 행위를 했다. 절반이 넘는 의사들은 지나친 부담인 줄을 뻔히 알면서도 환자들에게 인공호흡기 부착, 심폐소생술 실시, 투석 그리고 인위적 영양공급이나 수액 처치를 했다고 한다. 말기에 영양공급이나 링거라고 하는 수액 처치는 아무런 이익이 없고 환자를 괴롭히는 것에 불과하건만 그리 한다니, 어이없는 일이다. 선진국 사정을 미루어 볼 때 우리나라도 이에 못지않으리라는 건 상상하고도 남는다.

이런 모든 문제를 한방에 해결할 수 있는 것이 소위 '사전의료지향서'다. 미국에는 POLST(Physicians Orders for Life-Sustaining Treatment Paradigm, 생명유지에 관한 의사 지시서) 혹은 DNR (Do not resuscitate, 심폐소생술 금지. 대개 운전면허증에 붙이고 다닌다)이 있다.

'적절한 시기'란 언제인가

사전의료지향서나 POLST 혹은 DNR이 있으면 여기에 의거해서 가망이 없는 환자의 치료는 중단해야 한다는 데 동의한다고 치자. 그렇지만 그때가 언제고, 치료를 중단해야 하는 시기는 어느 시점이 '적절'할까? 모든 사태에는 '의심의 여지'가 있게 마련. 드물게 의심의 여지가 있다 해도 흔하고 많은 경우가 여기에 매달려 있을 수는 없다. 더구나 고령의 사람에게는 더욱 그렇다. 치료 중단과 그 시기에 미적대지 않고 분명한 허락을 받기 위해서 그리고 이런 미묘한 결정을 미적거리지 않게 하기 위해서 우리는 치료 중단에 관한 조목조목을 지정한 사전의료지향서를 해둘 필요가 있다는 것이다.

'적절한 시기'란 언제일까? 이 지점에서 미묘하게 다가오는 문제가 있다. 아무리 자세한 사전의료지향서를 환자와 가족이 가져오더라도 실제로 치료를 중단하는 현실에 맞닥뜨리면 사람들은 몹시 괴로워하게 된단다. 어쩌면 살릴 수도 있었을 사람에게 서둘러 생명연장 기기를 제거하는 것은 아닐까? 이렇게 후회하게 될 것을 사람들은 겁내고 있다.

고통 없이 죽으려고 사전의료지향서를 작성해 놓았다. 그러나 막상 사전의료지향서에 쓰인 대로 행동하는 시점이 닥치면 사람들은 고민을 다시 하게 된다. 변호사 사무실에서는 그토록 명료하던 선택사항들이 막상 실천하려는 시점에 와서는 새로 의문이 생기기도 한다니……. 도덕적으로나 감정적으로 갑자기 혼란스러워지기도 한다. 이는 남아있을 지도 모를 그 시간에 거는 희망에 연연하기 때문이다.

특히 보호자들은 '생명유지장치 제거'에 대한 책임을 자신이 지고 싶지 않다는 말을 되풀이한다. 사전지시에는 의료진이 따라야 할 대략적인 틀이 제시되기는 하지만, "아무리 자세히 항목을 열거하더라도 막상 죽음을 맞는 복잡한 상황에 이르면 환자나 보호자 모두 우왕좌왕하기 마련"이라고 의사 폴리 첸은 말한다.

환자 본인과 보호자들 간에도 받아드릴 수 있는 정도에 큰 차이가 있다. 사전지시가 있건 없건 보호자들은 감정적 문제들과 의미 있는 삶의 요건들을 생각하며 오만가지 생각으로 고심한다. "이런 맥락에서 죽음은 개인적 차원의 실패이고, 치료 중단은 실패를 선언하는 것이다. 의사 또는 환자와 가족 간에 개인적 미련이 남아 있다면 치료를 중단하는 것은 더욱 어려워진다."《나도 이별이 서툴다》

미국의 예를 보면, 환자와 보호자의 의견이 다른 비율이 46퍼센트고, 인공호흡기에 대해서는 조사한 사람 가운데 50퍼센트나 다르다고 한다. 따라서 DNR(심폐소생술 금지)도 다양하게 해석된다. 이 모든 문제의 밑바탕에는 사망 예측 시간과 실제 사망 시간 사이에는 상당한 차이가 있기 때문이다.

2009년 5월 법원에서 처음으로 존엄사 허용을 판결받은 김 할머니 사건에서도 알 수 있다. 가족이 식물인간 상태에 빠진 할머니의 평소 뜻에 따라 인공호흡기 등 무의미한 연명치료 중단을 요구했지만 병원이 거절하면서 소송으로 번졌다. 당시 대법원은 김 할머니의 존엄사 허용 조건의 하나로 사전의료지시를 제시했고, 연명치료 중단 법제화를 권고했다. 김 할머니는 인공호흡기를 떼고도 201일을 더 살았다.

이런 문제는 죽음이라는 불확실성에 둘러싸여 있기 때문에 생기는 갈등이다. 의학의 발달과 축적된 의학지식 덕분에 근본적으로 죽음의 속도가 느려졌다. 한때 확실한 죽음의 원인이던 암이나 에이즈 같은 질병들이 이제는 관리 대상이 되었다. 일시적 불편이나 비교적 가벼운 곤란 정도로만 취급되니 '희망이 없으면 치료를 중단한다'는 명명백백한 논리가 무너졌다. 죽음이 더 이상 우리가 생각하는 정해진 시점이 아니기 때문이다. 다시 말하지만, 죽음은 하나의 과정이 되었으니까.

죽음에 대한 잘못된 인식 중의 하나는 죽음을 삶과 완전히 분리할 수 있는 확실히 단절된 사건으로 여기는 것이다. 질환을 '지니고 사는' 기간이 질환 '때문에 죽는' 기간으로 바뀌어 가고 있다고 생각한다.

"죽음에 대한 잘못된 인식을 버리고 죽음의 실체를 받아들이면, 우리는 역설적이게도 멋진 시절을 누릴 수 있다. 죽는 과정은 모든 마지막 기회를 박탈당하는 시기가 아니라, 가능성으로 충만한 시기가 될 수 있다. 침습적 치료라는 다급한 일종의 요식행위에서 벗어나 진정한 인간관계 회복을 이루거나 진심을 나눌 기회를 가질 수 있다. 치료될 수 있을 거라는 희망은 차치하고 지난 세기의 의료혁명을 통해 우리가 얻은 마지막 혜택은 바로 이런 기회다. 사람들이 나에게서 죽음을 탈취하지 못하도록"《죽음의 역사》 나는 모든 조치를 취해 둘 것이다.

'사전의료지향서 실천모임'이 생기기까지

우리나라 국민의식을 조사한 바에 따르면 연명치료 중지(78.1퍼센트), 인공호흡기 제거(93퍼센트), 영양튜브 제거(87.4퍼센트) 그리고 사전의료지향서 작성에는 물경 98퍼센트나 찬성했다.(서울의대 법의학교실 이윤성 교수 발표 중에서)

때맞추어 2011년 보건복지부 지정 연세대 생명윤리정책연구센터는 보건복지부 예산지원을 받아 사전의료지향서 서식을 관련 전문가들과 여러 차례 협의해 만들었다. 더불어 연세대 보건대학원에서는 매달 포럼을 열고, 전국 7개 도시에서 서식작성 세미나와 함께 서울에서도 변호사까지 동침해서 공증을 해주는 활동을 펼쳤다. 나도 이때 여기서 사전의료지향서를 만들고 변호사의 공증도 받아놓았다. 지난 1년 동안 약 4만 부의 서식이 배포될 정도였다.

그런데 2011년 12월로 보건복지부 예산이 종료되면서 이 운동이 공중에 붕 떠버렸다. 그러나 이미 작성운동은 전국으로 확대되면서 서식요구 문의가 빗발치다시피 했고, 연세대 손명세 교수(생명윤리정책연구센터장)의 요청으로 각당복지재단이 서식문의 상담전화를 이어받았다. 이에 따라 지난해 8월까지 전화 문의를 받고 서식을 우송하고 사본보관서비스를 통해 사본보관 확인증을 발송하는 활동을 각당복지재단이 대행했다.

한편 여러 차례 협의를 통해 지난해 9월 7일 〈사전의료의향서 실천모임〉이 연세대 보건대학원에서 발족했다. 연세대보건대학원, 한국죽음학회, 각당복지재단, 골든에이지포럼이 주축이 되어 이 모임을 만들고 이사회를 구성했다. 그리하여 연세대 보건대학원내에 사무실을 두고 각당복지재단 봉사자들이 그곳으로 옮겨가서 상담전화와 서식발송 작업을 하고 있다.(전화 02-2228-2670) 그동안의 사본보관 서비스도 모두 인수되었다.

사전의료지향서 양식은 각 단체마다 따로 있으나 내용은 거의 비슷하다. 한편 김건열 박사(전 서울대 의대)는 아래와 같이 사전의료지향서를 작성해 사진틀에 끼어넣고 자식들에게 보여주었다고 한다.

사전의료지시서

나 ○○○(남)(주민등록번호)은 현재 다음 주소에 거주하고 있으며(현주소), 여기에 나의 희망으로 맑은 정신 하에 앞으로 어떤 부득이한 사정으로 인해 나의 자의적인 의사표시가 불가능해질 경우를 대비해 나를 치료하는 담당의사와 가족에게 다음과 같은 "사전의료 지시"를 남기니, 본인의 소망대로 실행해 주기를 바람.

(1) 내가 의식이 없어진 상태가 되더라도, 기도 삽관이나 기관지 절개술 및 인공기계 호흡 치료법은 시행하지 말 것이며,

(2) 내게 암성질환이 있음이 진단되어 "항암요법"이 필요하다는 의료진의 판단이 있더라도, 항암화학요법은 시행하지 말 것. (이는 항암화학요법의 효과를 불신해서가 아니라, 나의 연령 때문임을 이해해 줄 것)

(3) 그 외 인공영양법, 혈액투석, 더 침습적인 치료술도 시행하지 말 것.

(4) 그러나 탈수와 혈압 유지를 위한 수액요법과 통증관리 및 생리기능 유지를 위한 완화의료의 계속은 희망하며, 임종시 혈압상승제나 심장소생술은 하지 말 것.

(5) 기타, 여기에 기술되지 않은 부분은, 대한의학협회에서 공포하고 보완하고 있는 최근의 "임종환자 연명치료 중단에 관한 의료윤리 지침"에 따라 결정하고, 의료진과 법의 집행인은 나의 이상의 소망과 환자로서의 나의 권리를 존중하고 지켜주기를 바람.

(6) 나는 이상의 나의 "사전의료지시서" 내용이 누구에 의해서 변조되지 않기를 원하며 이 선언이 법적인 효력을 발휘할 수 있도록 가족에게 위임 발표하도록 하였음.

년　월　일

환자 성명 :　　　　　　　서명 (도장)

가족 증인 성명 :　　　　　서명 (도장)

공증인 확인 :

사전의료지시서

우리의 삶은 하느님의 선물이며 은총입니다. 이 세상에서의 삶을 다한 후 죽음을 지나 하느님께로 돌아간다는 것은 우리의 믿음입니다. 우리가 우리의 죽음에 관해 이해하면 우리의 삶과 죽음을 주관하시는 하느님을 향해 마음의 문을 여는 데 도움이 될 것입니다. 그러므로 우리는 죽음을 통해 하느님과 함께하는 영원한 생명으로 나아가기 위해 특별히 삶의 마지막 시기에 사랑하는 사람들과 함께하는 가운데, 보살핌을 받으며, 영적인 도움을 받을 수 있기를 희망하는 것입니다.

이 사전의료지시서는 앞으로 나에게 다가올 수 있는 임종의 시기에 의료적으로 회복가능성이 없는 상태에서 내가 치료에 대한 의사 표현을 하지 못하게 될 경우 나를 대신하여 결정을 내릴 이들을 위해 및 가시 바람을 분서의 형태로 밝혀두는 것입니다. 나는 가톨릭교회의 윤리적 가르침에 반하지 않는 범위 안에서 나를 돌보는 이들에게 다음과 같이 치료에 관한 나의 바람을 밝히고자 합니다.

- 나는 나를 대신하여 결정을 내리는 이들이 나의 죽음을 직·간접적으로 초래하는 어떠한 의도적인 행위도 하지 않기를 원합니다.
- 치료가 나를 이롭게 해준다는 합리적인 기대를 할 수 없고, 가족이나 공동체에 과도한 부담을 가중시킨다면 보류되거나 철회될 수 있습니다.
- 나는 투약이나 의료절차가 간접적으로 생명을 단축시킬 수 있을지라도 나의 평안을 위해 진통제 사용이나 치료에 반대하지 않습니다
- 주치의의 의학적 판단으로 죽음이 가까울 때, 죽음의 과정을 연장시키기만 할 불확실하고 부담스런 치료를 보류하거나 철회할 수 있습니다.
- 나는 삶의 마지막 시기일 지라도 영양분과 수분 공급은 계속 이루어지기를 희망합니다.

나는 충분히 숙고하여 이 문서에 서명합니다. 내 간호를 책임지고 있는 사람들이 내 뜻을 존중해 주기를 바랍니다. 나는 내가 다른 사람에게 어렵고 막중한 책임을 맡기고 있다는 것을 압니다. 그러므로 내가 이 문서를 작성하고 서명하는 것은 누구든 혼자서만 책임을 지지 않고 책임을 분담할 수 있도록 하기 위함입니다.

나는 가톨릭 사제의 도움을 청합니다.

작성자 성명 _____ (서명 또는 날인) 날 짜 _____

주　　　　소 _____

_____ 연락처 _____

증인의 성명 _____ (서명 또는 날인) 날 짜 _____

주　　　　소 _____

_____ 연락처 _____

의료 위임장

내가 나의 의지를 더 이상 행사하지 못하거나 표현할 수 없을 경우에 나는 나의 특별한 신뢰자로서 하단에 기명된 사람에게 치료에 관한 결정권을 위임합니다.

성 명 _____ (서명 또는 날인) 날 짜 _____

주 소 _____

본인과의 관계 _____ 연락처 _____

대리인은 나의 입장에서 나의 치료에 관한 모든 필요한 결정을 내리고 그 결정을 진료하는 의사와 함께 완결지어야 합니다. 그러므로 대리인은 내가 사전의료지시에서 진술한 나의 원의와 생각을 고려해야 합니다.

대리인은 진료기록을 검토할 수 있으며, 또한 그 진료기록을 관련된 제3자에게 의료진이 공개하는 것을 승인할 수 있습니다. 나를 치료한 의료인들은 나의 대리인에 대해서 비밀엄수 의무를 지키지 않아도 됩니다.

대리인은 비록 그러한 행위로 인해 내가 죽거나 장기간에 걸친 심각한 건강상 위해를 겪을 수 있을지라도 건강상태의 검사를 위한 모든 조치와 의사의 시술과 치료행위를 승인하거나, 거부하거나, 또는 중단하는데 동의할 수 있습니다.

대리인은 나의 안녕을 위해 필요한 경우에는 나의 자유를 제한하는 조치(예를 들어 움직이지 못하도록 침대에 고정시키는 장치의 설치 혹은 투약 등)에 관한 것을 결정할 수 있습니다.

【 특별한 희망과 간청 】

작성자 성명 _____ (서명 또는 날인) 날 짜 _____

주   소 _____

_____ 연락처 _____

증인의 성명 _____ (서명 또는 날인) 날 짜 _____

주   소 _____

_____ 연락처 _____

나는 이 문서가 유효함을 다시 새롭게 서명합니다. (1~2년 마다 갱신)

작성자 성명과 서명 _____ 갱신일 _____

증인의 서명과 서명 _____ 갱신일 _____

5장

나를
유혹하는

죽음의
방법 1

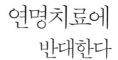

연명치료에
반대한다

사람마다 각자 자기의 삶을 살아왔듯이, 죽음도 자기의 죽음이어야 한다. 내 죽음의 관할권을 그 누구에게도 내주면 안 된다. 부부간에도 자식에게도 의사에게도 그 누구에게도. 자기 죽음을 자신이 챙기지 못하면 '고귀한 자신의 생명이 하찮게 되고 웃음거리'가 될 수도 있단다.

"분명 삶은 끝났고 몸은 체사體死해서 단지 한 구具의 몸에 불과한 상태로 명줄을 연장하고 있는 것은 …… 그것도 가족과 주위사람에게 폐를 끼쳐가며 ……"이런 혐오스런 사태를 두고 "연명장치가 마지막 숨을 움켜쥐고 놓기를 거부하는 생명존엄법! 지금도 이 고상한 이름의 법에 갇혀 살아있는 것도 아닌, 죽은 것도 아닌 상태에서 고통받고 있는

환자와 가족들의 어려움을 헤아려 본다."고 한탄하던 분이 있다_{이정옥,}
《반만 버려도 좋다》. 이 말에 나 또한 200퍼센트 동감이다.

내 죽음이 어찌 다른 이의 죽음과 같단 말인가

이 지점에서 떠오르는 두 사람의 죽음과 동서양의 생각이 다름을 비
교 상기하게 한다. 안락사를 느슨하게 허락하는 벨기에의 국보급 대표
작가 휴고 클라우스. 그가 요청한 안락사가 받아들여져 2008년 3월,
문자 그대로 그는 안락사했다. 반면 중국의 세계적인 작가 파진巴金은
101세를 살았다. 일찍이 "장수는 좋은 것이 아니라 고통이다. 나에겐
일종의 징벌이다."라면서 안락사를 부탁했건만, 수년간을 혼수상태로
고통받다가 2005년 죽었다. 어느 쪽이 위대한 작가의 위엄을 지켜드리
면서 편안히 죽어가게 한 것일까.

파진 같은 위대한 작가도 자기의 죽음을 자기 원대로 죽을 수 없었
다니! 시정의 나 같은 사람이야 오죽할까. 이쯤에서 탄탄하게 대비하지
않았다가 당할 고생을 생각하면 나는 사뭇 무섭다.

10여 년 간 요양소에서 살면서 노년들이 "평화롭고 품위 있게 삶
을 마감하고 싶다"는 의사표현이 묵살당하는 것을 보면서 이정옥 씨

는 "휴머니즘이라는 이름으로 포장한 현대의학과 자연 질서에 대한 반란을 생명의 존엄으로 왜곡하고 있는 종교계의 독선"에 절망한다고 했다. 《반만 버려도 행복하다》

이런 상황이 왔을 때 어찌 소위 '조력사'나 '안락사'를 생각하지 않을 수 있겠나. 나는 기독교인이다. 기독교에서는 '생사화복'을 주관하는 이는 하나님 한 분뿐이다. 따라서 생명은 그분이 주관할 일이지, 사람인 내가 감히 어찌 할 수 있는 영역이 아니다. 이 지점에서 나의 딜레마가 있다.

그럼 불교에서는 어떤가. 외려 불교에서 어떤 돌파구가 엿보인다. 불자는 누구의 명령을 듣는 자가 아니란다. 그리고 불교의 계나 계율은 더 실제적이란다. 물론 불교의 궁극적 목표는 생명을 유지하는 것이지만 생로병사라는 자연 흐름에서 숨만 쉬는 연명치료는 자연스런 흐름에 역행하는 업業을 짓는 일이 된다는 것이다. 박병기 교원대 교수 이 말에서 나는 조그마한 돌파구가 보이는 듯하다. 생명 집착이 결코 생명 존중이 아니라는 것이다. 생명 집착과 생명 존중 사이에서 합일점을 찾으라고 했다. 우희종 서울대 수의학과 교수

합일점을 찾으라고 했는데 개인적인 각자의 합일점은 있을 수 있겠다. 하지만 사회적으로는 사람들이 자기 목숨을 어찌할 것인지를 놓고

합일점을 찾는 것은 불가능하다고 생각한다. 사람이 제각각 다양하게 제 맘대로 살듯이 한번밖에 없을 자기 죽음을 어찌 세상 사람들과 모두 똑같은 방식으로 죽으라고 할 수는 없지 않은가.

죽음은 숙명이 아니라 권한이다

참을 수 없는 고통이 사람의 인간됨을 유지할 수 없게 만드는 그즈음을 생각해 본다. 그럴 때 인위적인 도움을 받아서 죽음으로의 샛길을 질러갈 수는 있지 않을까? 마음 속 깊은 곳에서 올라오는 속삭임을 한 칼에 베어 버리고 싶지 않은 이 내 마음은? 물론 식당에 앉아서 음식을 주문하듯이 안락사를 요구할 수는 없겠지. 하지만 목숨이 다 됐으면 사람됨을 잃은 그 상태에서 몇 날, 몇 달 명줄을 이어가며 생명을 유지시켜 주는 그것이 과연 인간적일까. '고통의 고위 학위과정'을 반드시 이수해야 하는 건가? 최후까지 사람으로 성숙하기 위한 필수과정은 아니지 않은가. 도대체 죽음에 이르기 전의 생명에 무슨 의미가 있기나 한 것일까.

무의미한 연명치료 중단에는 본인 각자의 의사가 관철되어야 하련만, 우리 사회는 아직 이런 부분이 제대로 작동이 되지 않고 있어서 외롭다. 많은 사람들의 동의를 받지 못하는 상황에서는 용기가 필요하고 그리고 외로운 법. 하지만 눌랜드 박사의 편지글은 내게 위로와 자신감을 주기에 부족함이 없다.

"충만한 삶을 살아온 노인들이 스스로의 삶을 끝내려고 하는 것이 상당히 분별력 있는 모습이라고 생각합니다. 그리고 심하다 싶을 정도로 남은 이들에게 악영향을 주지는 않을 것 같아요. 사랑하는 사람에게 어느 정도 슬픔이 있을 수 있겠지만 그건 예상할 수 있는 것이기도 하고, 원래 인생이 그런 것이라고 치부할 수도 있으니까요. 전 마지막 탈출구를 기꺼이 만들고 싶어 하는 노인들이 많을 것이라 확신합니다. …… 나이 든 사람들이 원할 경우, 이 사회가 일부 규정을 만들어야 한다고 절실히 느낍니다. 그 일과 관련된 낙인은 반드시 없어야 하고요."

《사람은 어떻게 나이 드는가》 내 생각을 그대로 말해주는 듯하다. 죽음은 숙명이 아니라 권한이다.

죽음은,
자연스러워야 한다

사실 은밀히 내 마음 속에서 끊임없이 나를 유혹하는 죽음 방법이 있으니, 그것은 안락사 아니면 조력사다. 어차피 죽어갈 그 시점에서 고통과 초라해질 시간을 생략하고 곧바로 죽음을 맞는 게 좋을 것 같다는 생각이다. 육체가 무너지면 존엄성을 추구하려는 욕구도 자연히 따라서 무너져 내리게 될 텐데 말이다. 가끔 고통스러운 나머지 사람으로서의 품위를 잃어 가는 그 지리멸렬한 시간을 생략하고 죽음을 감행하고자 하는 경박한 유혹을 나는 자꾸만 지지하고 싶어진다.

누구 말마따나 젊은이의 죽음은 낭비고 사회악이다. 하지만 숨이 채 끊어지지 않아서 겨우겨우 명줄만 이어 가고 있는 죽음 직전의 노인

자살은 절약이다? 이런 망발에 가까운 말을 하면 안 되는 건가? 며칠 혹은 몇 달간 이어질 생명을 단축시켜 버리는 것은 낭비라기보다는 그 반대라는 생각이 자꾸 떠오른다.

단지 여기서 내게 걸림돌이 되는 부분은 내 종교관이다. 무릇 생명의 주관자를 제쳐놓고 제 손으로 생명을 다루는 것은 아무래도 인간의 오만함이 끼어든 처사라서 죄에 대한 두려움이 있다. 그래서 이 유혹을 선뜻 받아들일 수 없다.

자발적 식음 중단

2011년 1월 어느날 90대 알몬드와 도로시 루돌프 부부는 먹고 마시는 행위를 중단했다. 그리고 '자발적 식음 중단V.S.E.D Voluntary Stopping Eating and Drinking'으로 금식한 지 10일 만에 하루 간격으로 죽어갔다. V.S.E.D.란 어떤 약물이나 인위적 개입 없이 금식으로 죽음을 촉진시키는 것이다.

부인인 도로시가 소신 있게 자기의 임종선택권(Right To End Life)을 감행할 수 있었던 데에는 쓰라린 경험이 있었기 때문이다. 과거 자기 어머니가 골수암으로 고통스럽게 죽어가는 모습을 4년간 곁에서 지켜보아야 했던 것이다. 도로시는 꼼짝달싹할 수 없는 병수발에 진저리를 냈고, 진저리를 내는 그 사실에 죄책감을 느꼈다. 그러기에 어머니처럼 질질 끄는 죽음으로 죽음 자체를 낭비하지 말자는 생각을 굳혔다. 이 같은 자신의 쓰라린 경험을 자식들에게는 대물림하고 싶지 않았기 때문이다.

유유히 은퇴생활을 누리던 부부였다. 그러다가 낙상으로 골반뼈가 부서진 도로시는 재활원을 들락거리게 됐고, 이따금 일시적인 의식 장애까지 보였다. 남편인 알몬드 역시 소변줄을 달고 생활해야 하는 상황이었고, 척추협착증에 시달려야 했다.

"물물이 늙는다."는 말대로 노년기의 내리막길은 가파르기가 가히 공포 수준이다. 부부 모두에게 나날이 치매 증상이 더해 가자, 10년도 넘게 생각한 임종 계획을 실행에 옮길 때임을 알아차렸다. 부부는 이미 소위 '사전의료지향서'도 작성해 둔 상태였다.

그렇게 부부는 먹고 마시는 행위를 중단했다. 저승사자를 불러오기 위한 단식이 시작된 것이다. 루돌프 부부의 거사 결행은 그들이 살고 있는 시설과 지역을 발칵 뒤집어놓았다. 911까지 출동하고 시설과 지역에서 금식을 반대했다. 연락을 받고 달려온 아들 닐과 딸 일레인은 단식 나흘째에 접어든 부모님한테서 다시 한 번 그 뜻을 확인했다. 그런 다음 호스피스 단체에 연락해 조언을 구했다. 그 단체가 일러준 대로 루돌프 부부는 그들의 임종선택권 행사 의사를 분명하게 밝힌 의향서를 작성했고, 이를 루돌프 부부가 살던 알라메다 빌리지 관리 책임자에게 전달했다.

미국 연방법에 따라 50개 주는 예외 없이 V.S.E.D.를 합법적인 임종선택권으로 인정하고 있다. "독자적 판단 능력을 지닌 사람은 튜브를 이용한 음식 주입 등의 의학적 개입을 거부할 수 있다."라는 연방 대법원의 판례가 있었기 때문이다.

역시 연방법인 '환자 자기결정법(Patient Self-Determination Act)'은 여기서 한 걸음 더 나아가 "모든 치매(알츠하이머나 혈관성을 막론하고) 환자에게 이 같은 결정을 내릴 법적 자격이 없다는 것을 의미하지는 않는다."고 규정하고 있다. 다시 말해서 치매 환자라 하더라도 상태에 따라 V.S.E.D.를 선택할 수 있다는 뜻이다.

루돌프 일가는 법적으로는 이겼다. 따라서 부부는 거주하는 요양 시설에 계속 머무를 수 있는 확실한 권리를 갖게 되었다. 하지만 우호적이지 않은 환경에서 임종을 맞을 수는 없는 일이었다. 부부는 전셋집에서(60년간 큰 집에서 살다가 큰 집을 유지하기가 어려워지자 작은 집으로, 다음에는 시설에 입주했다) 두 자녀가 번갈아가며 병상을 지키는 가운데 단식을 이어갔다. 하루 두 차례 호스피스 간호사가 들러 노인들의 상태를 관찰했다.

단식 10일째 되는 날, 도로시가 먼저 숨을 거두었다. 바로 하루 뒤, 남편 알몬드도 아내의 뒤를 따랐다. 아들 닐은 "부모님 모두 당신들이 원하던 대로 인간으로서의 품위를 지니고 평화롭게 세상을 뜨셨다."고 밝혔다.

90대 노부부는 예전에 이미 임종선택권을 지지하는 모임에 가입했고, 두 자녀에게도 자신들의 뜻을 미리 일러주었다. 참을 수 없는 고통에 시달리게 되면 스스로 목숨줄을 놓겠다는 노부부의 결심은 확고했다. 아들 닐은 "부모님은 독립성을 잃고 누군가의 병수발에 의존해 연명한다는 생각 자체를 못 견뎌 하셨습니다."

루돌프 부부의 장례가 끝난 후, 아들 닐은 미국에서 최대 임종선택권 옹호단체인 'Compassion & Choices'와 손잡고 V.S.E.D. 홍보캠페인을 벌였다. 이 캠페인을 통해 'Compassion & Choices'는 노인시설 입주계약서에 첨부할 부칙을 배포하고 있다. "노인시설은 입주자의 임종선택권을 존중해야 하며 입주자가 자유로이 그리고 합리적으로 선택한 치료 혹은 치료 거부를 방해해서는 안 된다." 때가 되면 인간으로서의 존엄성을 유지한 채 이승의 삶을 마감할 수 있도록 임종선택권을 행사할 수 있어야 한다는 것이다.

그러고 보니 유명한 헬렌 니어링도 조력사를 도운 죄 아닌 죄를 지은 사람이다. 백 살이 될 때까지 건강하게 정신노동과 육체노동을 해온 스코트가 어느 날, 이제는 다 됐다고 하면서 단식을 선언했다. 자연 속에서, 그러니까 농원 마당에서 하늘의 별과 나무와 함께 고전적인 V.S.E.D에 의한 죽음으로 돌입한 것이다. 헬렌은 남편 스코트의 말을 따라 음식을 끊고 물만 주다가 마지막 사흘은 물도 거절당하고 그야말로 숯불 사위듯 죽어 가는 스코트를 조용히 지켜봤다.

스코트의 유언대로 장례식도 없이 화장해서 소위 자연장을 지냈다. 천수를 누린 좋은 죽음이었다. 하지만 엄밀히 따져서 단식을 도운 사실에 시비를 걸어오는 사람도 있었다. 하지만 나는 안다. 죽음 앞에 선 100세 나이의 사람에게는 자연스레 음식이 넘어가지 않는다는 것을. 단지 인위적으로 음식을 먹어보려고 하지 않았을 뿐이라는 사실을.

12 일간의 단식

최근 미국서도 한국에서도 회자되고 있는 책을 읽었다. 2010년에 나온 조 피츠제럴드 카터가 지은 《불완전한 끝마무리》《엄마 엄마 엄마》로 번역되어 있다. 20년도 넘게 파킨슨병에다가 갖가지 병을 곁들여 앓고 있는 75세

된 부인의 죽음 이야기다. 세 딸 중 막내딸인 조가 어머니의 죽음 전말을 지켜보면서 써 내려간 책이다.

엄마는 여러 가지로 죽을 방법을 모색하다가 세코날과 모르핀과 단식 중에서 단식을 택하기로 했다. 12일간이나 단식하면서 모르핀을 마시고 죽어갔다. 워싱턴DC의 큰 집에 홀로 세 사람을 부려 가면서 살던 부인이었다. 죽음을 결심하고서는 샌프란시스코에 사는 막내딸과 캐나다에 사는 둘째딸 그리고 뉴욕에 살고 있는 맏딸을 불러댔다. 마지막 12일간은 두 딸의 손자 손녀들이 뛰어 놀고, 마지막 사흘 전에는 사위까지 오라고 해서 이 집은 시끌벅적 잔칫집 같았다. 단식을 하다 괴로우면 모르핀을 마시면서 딸들과 지나간 시절, 아버지와 얽힌 이야기들을 몽롱한 속에서 나누면서 서서히 죽어간 얘기였다.

나는 이 책을 읽으면서 팔자 좋게 여유 있는 이 부인이 '공주과' 라는 생각이 들었다. 바쁘게 사는 딸들을 툭하면 불러댈 수 있는 처지니 말이다. 막내딸은 이렇게 말했다. 남편이 "언제까지 장모님이 전화할 때마다 달려갈 거냐?"고 묻자 바로 대답할 수 없었다고. "잠이 든 척하면서 외롭고 두려운 마음으로 침대에 누워 있는 엄마를 떠올렸다. 죽음이 아닌 죽음으로 이어진 길고 무서운 길에 대한 두려움, 나는 엄마딸이라는 이유로 우리 중 하나 혹은 어쩌면 우리 둘 다 엄마가 해방될 때까지 그 길을 갈 수 밖에 없다. 다시 말해서 남편의 분노와 아이들의 불행이 이어지더라도 내 대답은 이렇다. '난 언제까지나 엄마가 부르면 달려갈 거야.' 부러운 이야기다. 나는 그렇게 먼 길을 몇 번씩 오라 가라 할 만큼 당당하지 못한 에미고, 또 그렇게 하고 싶지도 않다.

그런데 이 책을 읽는 중에 조금 이상한 일을 겪었다. 여성학자 박혜란 씨는 서문에서 하루만에 이 책을 다 읽었다고 했다. 그런데 나는 이틀 동안 책을 한숨에 읽어가다가 끝머리 부분에 가서 마치 신나게 달리던 차가 갑자기 서행하듯 지지부진해졌다. 마지막 단식을 시작한 월요일, 화요일…… 해가며 책은 계속됐다. 그런데 이상하게도 월요일 장면을 읽고 나서는 더 읽을 수가 없었다. 다음 날 작심하고 화요일 장면을 읽고, 중단했다가 다시 계속해서 읽다가 이렇게 일주일 넘게 책의 마지막 부분을 읽어갔다. 그리고 마침내 나는 몸살 아닌 몸살을 앓았다.

나는 내게 실망했다. 20년 넘게 죽음을 천착해왔고 나름대로 죽음 준비를 해왔다는 내 상황이 겨우 이 정도였단 말인가? 어쨌거나 이 책 속의 노부인처럼 나는 어리광(?)을 부릴 처지가 못 된다. 내 마지막 하루 이틀 정도나 자식들을 불러들이고 죽는 게 좋지 않을까, 지금 이 글을 쓰는 시점에서 드는 내 생각이다.

사실 은밀히 내 마음 속에서
끊임없이 나를 유혹하는
죽음 방법이 있으니,

그것은 안락사 아니면 조력사다.

어차피 죽어갈 그 시점에서

고통과 초라해질 시간을 생략하고

곧바로 죽음을 맞는 게 좋을 것 같다는 생각이다.

육체가 무너지면

존엄성을 추구하려는 욕구도 자연히 따라서

무너져 내리게 될 텐데 말이다.

가끔 고통스러운 나머지 사람으로서의

품위를 잃어 가는

그 지리멸렬한 시간을 생략하고

죽음을 감행하고자 하는 경박한 유혹을

나는 자꾸만 지지하고 싶어진다.

스스로 택한,
함께 가는 길

1975년 미국의 저명한 신학자면서 뉴욕 유니언신학교 교장이었던 헨리 반 듀센 박사가 그의 아내 엘리자베스와 함께 동반자살한 사건이 있었다. 듀센 박사는 "노년과 자연사에 따르는 불편함을 회피하기 위하여"라는 신학자답지 않지만, 그러나 매우 이성적인 이유로 자살을 감행했다.

지난 세대의 우리나라 지도자급 여성들, 일테면 대학총장, 재벌가 부인, 외교관 등등 80대 여성들의 모임에서 소리 없이 '죽는 약'을 너도 나도 모으고 있는 사실을 나는 안다. 어느 시점에 다다르면, 그러니까

'인간으로서의 품위'를 지킬 수 없을 그때, 약을 먹어서 죽겠다는 각오에서다.

노인들의 자살이 소리 없이 퍼져 가고 있지만, 아직은 크게 이슈가 되지 않았다. 그러다가 최근에 '신노년 세대'라는 기사_{2012년 6월 30일 자 뉴욕} _{타임스}를 얻어 보니까, 나름대로 미국서는 이미 노인들의 자살이 이슈화되고 나아가 법제화가 진행되고 있다. 앞에서 말한 90대 노부부인 알몬드와 도로시 루돌프 부부가 '자발적 식음 중단(V.S.E.D.)'으로 금식한 지 10일 만에 하루 간격으로 죽어간 사실이 계기가 되었다고 한다.

당신과 함께라면…

아직 죽을 몸이 아닌데도 사랑하는 부인의 병 때문에 동반사실을 한 얘기는 너무 아름다워서 현실감이 떨어지려고 한다. 특히 나처럼 속물인 사람에게는.

"세상은 텅 비었고 나는 더 살지 않으려네. 우리는 둘 다, 한 사람이 죽고 나서 혼자 남아 살아가는 일이 없기를 바라네." 2007년 83세 된 앙드레 고르가 그의 아내 도린과 동반자살하면서 아내에게 보낸 연서다. 앙드레 고르는 오스트리아 출신의 사상가이자 언론인이다. 사르트

르가 "유럽에서 가장 날카로운 지성"이라 칭했을 정도로 지성인 중의 지성인이었다.

연서의 첫 줄이 가장 감동적이다. "당신은 곧 여든두 살이 됩니다. 키는 예전보다 6센티미터 줄었고, 몸무게는 겨우 45킬로그램입니다. 그래도 당신은 여전히 탐스럽고 우아하고 아름답습니다. 함께 살아온 지 쉰여덟 해가 되었지만 그 어느 때보나노 더 나는 당신을 사랑합니다."

아내 도린이 20여 년간 '거미막염'으로 투병 중에 있었다. 부부가 각각 83세, 81세가 됐을 때 앙드레는 아내 도린에게 〈D에게 보내는 편지〉라는 연서를 써 놓고, 두 사람은 시골 자기네 집에서 동반자살을 했다. 현대판 해로동혈偕老同穴이다.

장수와 더불어 알츠하이머 치매를 앓는 사람이 늘어가는 것은 명확한 현실이다. 지난해 3월 말, 미국 워싱턴공항공단 회장인 찰스 스넬링(81세) 부부가 펜실베이니아 자택에서 숨진 채 발견되었다는 신문기사가 실렸다. 앙드레 고로 부부의 죽음과 너무나 유사했다.

찰스 스넬링은 앙드레 고로와는 또 다른 부부의 연서라고 할 수 밖에 없는 에세이를 〈뉴욕 타임스〉에 보냈다. 이 기고에서 "사랑하는 사람을 돌볼 때 기쁨과 책임감을 느끼지 않은 적이 한순간도 없었다. 아내는 55년 동안 자신이 할 수 있는 모든 방법으로 나를 돌봐준 사람이다. 그리고 지난 6년간은 내가 그녀를 돌볼 차례였다."

2009년 다섯 자녀와 열한 명의 손자손녀들에게 "힘들지만 여전히 잘 지내고 있다."는 편지를 썼다. 그러나 '행복에 대한 희망이 사라진 뒤에는 더 살고 싶지는 않다'는 생각을 같이 했다고 썼지만, 자식들은 후에 '그 말'이 이런 것인 줄은 몰랐다고 했다.

스넬링 부부는 100만 마일이 넘도록 함께 여행했지만, 1회용 밴드 한번 쓰지 않을 정도로 건강했다. 아무 탈 없이 행복하게 살아온 이 부부에게 어느 날 알츠하이머란 잔인한 병이 찾아왔고, 부부는 같은 날 먼 길을 떠났다.

디그니타스로?

2009년 여름, 영국에서는 떠들썩한 논쟁이 한참이었다. BBC와 로열 오페라하우스 교향악단 지휘자와 발레리나이자 TV프로듀서인 부인이 동반자살한 것이다. 85세의 에드워드 다운스와 73세의 부인 조안 다운스가 스위스에 있는 디그니타스(Dignitas, assisted dying organization)*에 가서 동반자살 아니 조력사를 통해서 함께 죽은 사건이었다.

반세기 넘도록 해로한 부부였는데 남편 에드워드가 언제부터인지 악보를 볼 수 없을 만큼 눈이 나빠졌다. 암보로 지휘를 해왔지만, 이제는 청력조차 잃어가고 있는 차에 부인은 간암, 췌장암 말기 판정을 받은 처지였다.

영국에서는 자살을 도우면 14년형을 받는다. 이 부부는 합법적인 자살 클리닉인 디그니타스에서 아들, 딸이 지켜보는 가운데 나란히 죽어간 것이다. "54년간 사랑하며 행복하게 사셨던 두 분은 침대 너머로 손을 붙잡고 함께 생을 마쳤다."라고 자녀들이 발표했다. 이를 계기로 영국에서는 소위 조력사(assisted suicide)를 허락할 것인지에 대한 논란이 일었다.

간단히 찬반 양쪽 주장을 보면, 〈Dignity in Dying(존엄한 죽음)〉의 사무총장 사라 우튼은 "다운스 부부처럼 노인들이 삶과 죽음을 선택할 필요는 있다. 필요한 것은 금지령이 아닌 적절한 기준과 규제"라고 했다.

---

*디그니타스 : 스위스 취리히에 있는 안락사를 돕는 기관. 스위스는 안락사를 허용하고 있다. 1998년 루드비히가 창설했으며, 대부분은 약물 복용을 통해서 안락사가 이루어지며 헬륨 가스를 이용한 약간의 사례도 있다.

반대하는 피터 사운더스는 "법을 완화하면 곤궁한 환자들이 치료를 포기하는 상황이 속출할 것"이라고 했다. 다운스 부부가 디그니타스행을 위해서 쓴 비용이 2만 스위스프랑(약 1000만 원)이 든 사실을 두고 하는 말이었다. 이를 '스위스행 자살 관광상품'이라고 비꼬았다.

재작년 부활절 때 언니와 예배를 마치고 돌아오는 길이었다. 여든이 된 언니에게 다운스 부부의 죽음과 디그니타스 얘기를 들려주었다. 디그니타스에서 조력사를 하려면 우선 회원으로 가입해야 한다고 하니까, 나보다 부자인 내 언니 왈, 모든 비용(동생인 내 것까지)을 부담할 터이니 어서 회원 가입부터 하란다. 예수님 부활에 대한 말씀을 듣고 돌아서는 길이었는데도 말이다. 나는 우선 지금 쓰고 있는 이 책부터 마치고 보자 했다.

그리고는 얼마 전 충청도 천리포 수목원을 함께 다녀왔다. 바닷물이 밀려왔다 빠져나간 천리길 백사장에 서보니 해풍을 맞아 무성하게 가꾸어진 나무와 기화요초가 가히 낙원이라 이를 만 했다. 천상의 낙원 같은 수목원을 보고 오는 차 속에서 여든하나가 된 내 언니는 두 시간 넘게 나를 설득하고 있었다. 일찍이 디그니타스란 곳을 소개해 준 내게 언니는 하루 빨리 디그니타스 회원으로 가입하라고 다그쳤다.

언니는 나이 여든에 꼿꼿한 몸매와 날렵한 움직임으로 그날 같이 간 20여 명의 감탄을 자아냈다. 언니는 혼자 살지만, 불과 한 블록 사이 좌우에 아들딸이 살고 있다. 나는 언니를 늘 좌천룡 우백호를 거느리고 사는 행복한 노인이라고 명명했다. 실제로 우백호인 딸은 일주일에 한 번씩 언니를 모셔다 칠첩반상을 차려드려 영양 보충과 함께 대접받는 즐거움을 누리게 해준다. 그 뿐인가. 일주일에 한 번은 으레 함께 외출해서 영화관이나 미술관 나들이를 한다. 아들 내외도 이에 지지 않는다.

그런데 내 언니 왈, 지금은 아들딸이 이렇게 잘 하고 있지만 앞으로 20~40년을 하다 보면 자식들도 늙고 지쳐서 하던 효도에 진력을 낼 거라나? 그리 되기 전에 몸도 꼿꼿해서 남들 보기에도 그만하고, 맘껏 효심도 받아보고, 동생과 더불어 기화요초를 관상할 수 있는 지금, 예쁘게 죽어가고 싶단다. 주변머리 없는 당신을 대신해서 자살시켜 주는 곳을 잘 아는 내가 액션을 취하라는 거였다. 나로서도 어지간한 제의였다.

언니의 주장에 문제가 있다는 것은 나도 안다. 첫째, 신의 영역을 침범한다는 종교인으로서의 금기사항이 있다. 거기다가 자기 아름다움의 훼손, 전적으로 환영받는 대상으로부터의 추락을 못 참아내는 가벼움과 사치스런 자존심, 고통으로부터의 심오한 인간성숙의 포기 등등의 문제점이 있다는 것을 나도 알긴 안다.

　더 중요한 문제는 남은 사람들의 상처다. 이에 대해서 내 언니는 간단하게 해결책을 냈다. 어린 나이에 펄펄한 부모를 잃는다면 문제가 크다. 하지만 자식들 각자 일가를 이루고서 저희도 늙어가는 마당이다. 이럴 때 죽을 나이가 되고도 남을 부모의 죽음 앞에서 슬픔은 사랑의 유효기간만큼 짧을 거라는 얘기다. 어떡해야 하나.

6장

나를
유혹하는

죽음의
방법2

안락사로의
유혹

삶의 의미는 존재에 있다. 그냥 살아있는 것이 아니라 존재해야 하기 때문에 목숨줄만 겨우겨우 이어지는 연명은 결연히 거절해야 한다. 이를 위해 평소에도 주위에다가 내 뜻을 일러둘 뿐 아니라, 단호한 조치도 해두어야 한다. 이 모든 것은 나만의 몫이다. 어느 누구도 대신해 줄 수 없다.

사회의 광범위한 동의 여부를 떠나서 나는 플러그를 뽑지 않을 수 없는 상태 즉 체사體死에 이르기 '그전'까지 그리고 '그 어간'의 고통스럽고 혐오스러운 과정은 어쩔 것인가. 더구나 반 듀센 박사 부부나 에드워드 다운스 부부의 경우처럼 그들은 생의 엑기스 같은 '하던 일'을 불가능케 만들어버린 자신들의 고장난 육체를 떠안고 살아가야 하는, 그야말로 아무런 의미를 찾을 수 없는 삶의 고통. 혹은 기약 없는 치매 상태를 돌보고 있던 배우자들. 그래서 이런 고통스러운 과정을 생략하고 안락사, 존엄사 쪽으로 눈길을 돌리는 사람들 또한 소리 없이 늘어가고 있는 것이 현실 아닌가.

안락사란 무엇인가

이제는 많은 사람들이 이에 동조하는 기미가 퍼지고 있다. 불과 몇 해 전만 해도, 우리나라에서 인공호흡기를 빼달라는 부인의 요청을 들어준 의사가 경찰에 잡혀가고 법정으로 가는 형편이었다. 그러나 지금은 플러그 즉 인공 연명장치를 뽑는 행위를 뽑는 문제는 정당하고 온당한 처사로 적극 권장받고 있는 형편이다.

안락사를 적극 반대하고 있는 M. 스캇 펙 박사까지도 "도덕적 관점에서 볼 때 환자의 상태가 분명하게 치명적인 경우라면, 인위적인 외적 생명유지 장치나 과감한 의료조치의 중단 행위는 정당화될 뿐만 아니라 오히려 그것은 온당한 일이고 적극적으로 권장해야 한다고 생각한다. 구제할 수 없는 죽음의 고통을 겪고 있는 사람의 생명을 연장시키려는 의도에는 무엇보다도 목적이 없다. 그리고 그러한 고통을 최소화 시킬 이유는 얼마든지 있다."고 했다.

하지만 플러그를 뽑는 문제와 안락사 문제는 다르다. 안락사란 "심한 육체적 고통을 종식시키기 위한 목적으로 통증 없는 수단을 동원한 생명의 종지終止."라고 미국 안락사협회는 정의했다. 이 정의에는 본인의 의지와 종지시키는 사람의 의지에 대한 구별이 결여된 점을 들어 부적절한 정의라고 펙 박사는 말한다.

펙이 정의한 진정한 안락사란 "비교적 말기 단계의 현존하는 치명적 질병으로 육체적 죽음에 처한 경우, 그 고유한 생존적 정신적 고통을 회피하기 위하여 타인의 도움을 받거나 받지 않고 행하는 자살행위를 의미한다."《영혼의부정》

안락사를 반박한다

물론 안락사의 위험성, 비인간적인 점 등등 거기다가 오남용이 소리 없이 퍼질 그것이 염려되지 않는 것은 아니다. 일테면, 죽고 사는 문제에서 '생명의 질'을 판단하는 경우도 생길 것이라고 예상할 수 있다. 사람이 죽어가는 마당에 사람 목숨의 질을 판단하는 야박함과 얄팍함이 끼어들 여지가 없게끔 철통같은 장치를 한다 해도 별 수 없을 거다. 안락사가 이루어지는 거기에는 사람의 가치를 낮게 평가한다는 비난의 소리를 면키 어려울 사례들이 분명 있을 것이다. 어쨌거나 생명을 가지고 좌지우지하려 드는 것, 이 모두는 세속주의 탓이라고 말하는 펙 박사의 주장은 반박할 여지없이 옳다.

영혼을 부정하는 세속주의가 신을 밀어 놓고 사람의 목숨을 좌지우지하러 든다는 비판에 자유로울 사람은 없다. 원래 세속주의자는 본질적으로 자기 자신을 '우주의 중심'이라고 생각한다. 그런데도 가끔은 무의미함과 자기 중요성에 대한 회의를 느낀단다.

반면 세속적이지 않고 신성한 인식을 가진 사람들은 그 자신을 우주의 중심이 아니라고 생각한다. 우주의 중심은 신성한 곳 어딘가에 존재하는 누군가(하나님이 될 수도 있다)로 본다. 자신을 우주 중심이라고 보지 않기 때문에 이들은 자기 존재가 무의미하고 중요하지 않다는 그런 생각을 세속주의자들보다 덜 할 수밖에 없단다. 자기의 존재 자체를 어떤 중심적 존재와의 관계 속에 두고 있기 때문에 자기 존재의 의미와 중요성도 그 관계 속에서 나온다. 그러므로 하나님과의 관계 속에 있는 사람들에게 안락사란 있을 수 없다는 것이다.

펙 박사는 인간의 영혼이란 '하나님이 창조하고 하나님이 자양분을 주는 독특하고 발전적인 영원한 인간의 정신 혼'이라고 했다. 이러한 영혼을 부정하는 세속주의를 그는 한탄하고 있다.

반대 이유는 더 있다. 사람의 질을 갖고 논한다는 것 말고도 "모든 경우에 반드시 육체적 고통이 따르지도 않지만, 설사 고통이 와도 우리는 육체적 고통을 적절하게 완화시켜 줄 수 있는 '의학품 창고'를 자유롭게 쓸 수 있다."고 했다. 그러니 지레 겁을 먹지 말라고 했다.

하지만 우리는 약품으로 안 되는 고통을 많이 봐 왔다. 그렇다. 나도 탁월한 진통제 사용을 비롯한 완화의학의 기능성을 인정한다. 그런데도 거기에는 한계가 있다. 지레 겁을 먹지 말라고 했지만, 우리는 완화의료만으로 안 되는 끔찍한 고통을 많이 봐 왔다.

죽음을 긍정하다

안락사란 근본적으로는 세속주의라는 주장에는 '다시 한 번' 더 수긍하지 않을 수 없다. 나야말로 세속주의 그 자체 같은 사람이다. 그래서 펙 박사의 반박에 찔리는 구석이 있음을 인정한다. 하지만 약품 창고도 완화의학도 별 소용이 없을 만큼, 극심한 고통 속에서는 미처 영혼을 바라볼 겨를이나 있겠나. 당장 몸이 아픈 그것에, 자기 몸의 작동이 불가능해진 그것에 매몰되어 영혼을 바라볼 여력이 없을 것이다.

그런 지경, 그런 때가 왔을 때 세속주의자인 이들은 하나님에게 잠깐 '실례'를 청하고 나서 극심한 몸과 혼의 괴로움에서 우선 탈출하고 본다. 탈출하려고 급행티켓을 끊는 행위를 하고 있는 셈이다. 생존적 고통 앞에서 말이다. 육체를 죽임으로 즉 육체를 벗어나고 보면, 영혼이 있게 될 것을 이들두 막연히 인식하긴 한다. 그렇게 내 영혼을 맞이해 줄 것을 기대하면서 그곳을 감히 바라보면, 안 되는 걸까?

펙 박사는 말한다. "죽음이 인생에서 가장 큰 배움의 기회일 뿐만 아니라 인생의 가장 큰 모험이라는 것은 우연이 아니다. 모험이란 미지의 세계로 여행하는 것을 의미한다. 만약 우리가 정확히 어디로 가고, 또 어떻게 그것에 도착할 것인지, 가는 도중에 어떤 것을 보게 될지 그리고 거기에 도착하면 무엇이 있는지 알 수 있다면, 그것은 이미 모험이 아니다. 또한 그것에 대해 우리는 아무것도 '배울 것'이 없다. 우리는 모험을 통해서만 배울 수 있다."〈영혼의부정〉

하지만 75세 된 나나, 78세 된 에드워드 다운스나, 83세 된 앙드레 고로나, 78세 된 찰스 스넬링이나 모두 모험을 하기에는 너무 나이를 먹지 않았을까. 모험을 통해서 무엇을 배우기에는 너무 나이를 먹었다. 그래서 이들은 모험을 생략하고 배우기를 포기했던 것이리라.

죽음에 대한 불안을 극복하는 길은 바로 그것을 견뎌 내고, 무에 대한 불안을 내재화시키라고 키에르케고르는 말했다. 하지만 세상에는 견뎌 내고 내재화하지 못하는 불쌍한 사람들도 있다. 죽음을 긍정하는 것은 생을 긍정하는 또 다른 방법이고, 또 다른 영혼을 찾아 떠나는 여정이란다. 죽음을 긍정하되 좀 다른 방법으로 영혼을 찾아 떠나는 여정은 안 되는 걸까? 그렇다면?

어느 신부님이 말씀하기를

"죽음은 어쩌면 우리들이 어린 시절에 저녁때가 되는 것도 모르고
열심히 친구들과 놀다가
"애야, 밥 먹어라."하고 엄마가 부르면
달려가는 '그곳'이 아닐까.

엄마가 부르면 달려가는 '그곳'이라면,
무섭기는커녕 얼마나 푸근한 곳일까.
엄마가 계신 곳인데 무엇이 두려우리.
엄마가 밥을 주는 그곳인데,
무슨 걱정이 있을까.

새가 땅을 차고
하늘로 솟듯, 그 일순에
너는 이승을 떴다.

조금치의 고통도 보이지 않고
미련도 없이, 너가
만지고 키우고 윤을 내던
너의 모든 것을
조금치도 서운한 빛 없이
버렸다. 그렇게
아끼고 버리지 못하던 너가.

죽음은 결단인가.
스스로도 버리는 포기인가.

(중략)

_박남수, '스스로도 버리는 포기인가' 중에서

인간답게 죽을 권리

안락사란 유사 이래 관행처럼 되어오던 치료의 주체가 의사에서 환자 혹은 죽어가는 사람의 가치세계로 넘어온 사건이다. 이건 가히 혁명적인 변화라고 할 수 있다. 지금까지는 의사 자의로 환자를 다루고, 환자는 여기에 따라 왔다. 이제는 환자 자신이 자기 몸에 대한 치료를 의사에게 요구할 수 있게 된 것이다.

대한민국 헌법 제10조에 "모든 국민은 인간으로서의 존엄과 가치를 가지며, 행복을 추구할 권리를 가진다." 라고 명시되어 있다. 이것은 무엇을 말하는가. "헌법의 최고 이념인 인간으로서 존엄과 가치 및 행복을 추구할 권리라는 바탕 하에 자기 결정권에 의해서 말기환자는 연명치료의 중단을 요구할 수 있다."고 한다. '인간답게 살 권리'가 있다면, '인간답게 죽을 권리'도 있지 않은가.

인간은 고통 없이 자연사할 권리를 가지며 내 뜻과는 반대로 과잉치료를 해서 죽음을 지연시키고 고통을 줄 권한을 가지고 있지 않다고 한다.이인영 홍대 법대 교수 헌법 제37조 1항 즉 안락사의 기본개념은 자신의 자기결정권과 자율성의 존중의무를 자기 생명권보다 우선할 수 있음을 근거로 하고 있다.

"요청에 의한 생명 종식과 도움을 받는 자살"

안락사와 조력사를 찬성하는 또 다른 근거는 이타적인 이유에서다. 환자가 고통에서 벗어나기 위하여 자발적으로 존엄사를 원할 경우, 의사는 환자로 하여금 고통 없이 편안하게 죽을 수 있도록 도와주어야 할 특별한 책임이 있다고 한다. 의료직이란 전문직으로서 환자의 최선의 이익을 위해서 헌신해야 할 특별한 책임과 초과 의무를 가지고 있기 때문이란다.

세 번째 공리주의적 접근법. 불필요한 고통을 덜고 가족의 경제적 부담과 감정적 갈등을 덜어 주고 부족한 의료장비의 낭비를 막는다는 이유에서다. 우리나라는 암환자의 경우 의료비 10퍼센트 부담이 5퍼센트 부담으로 줄었다. 그러자 '때는 이때다'라는 듯이 가망 없는 치료를 마냥이고 계속해서 환자의 몸을 초토화시키고 있다. 이런 상황이 지금 우리네 대형병원에서 만연하고 있다. 이 무슨 낭비고 비인간적인 '고통의 잔치'인가.

안락사란 법의 정식 명칭은 "요청에 의한 생명 종식과 도움을 받는 자살(Termination of Life on Request and Assisted Suicide)"이다. 네덜란드에서는 합법적인 거주자이면서 환자와 의사 사이에 지속적인 유대관계가 있는 가운데 ①환자가 정신적으로 온전한 성인이다. ②2명 이상의 또 다른 독립적인 의사에게 자문한다. ③환자는 개선의 희망 없는 참을 수 없는 고통을 가지고 있다. ④환자가 수회에 걸쳐 반복적이고 지속적이며 자발적으로 죽음을 요청했다. ⑤적합하고 정확하게 기록했다.Rotterdam conditions, 1990년 이상과 같은 조건에서만 안락사를 허용하지만, 문제는 남아 있긴 하다. 내가 보기에는 종교계의 반발이나 "삶의 마지막 부분인 죽음의 과정을 자의로 통제하려 드는 세속주의"라는 식의 찔리는 비판은 받아 넘긴다고 쳐도, 그래도 실제적인 문제가 옆에 도사리고 있다.

확인 또 확인이 필요!

죽음의 고통 중 빠지지 않는 것이 있다. 바로 사망 진행과정 중에 남에게 폐를 끼치고 부담주게 될 것을 꺼려하는 그것이다. 나는 이 점이 겉으로 드러나지는 않지만, 중요한 문제라고 본다. 가령 늙은이가 주책없이(?) 오래 살겠다고 하기가……, 하면서 실제로는 미묘하게 큰 문제로 다가온다.

내가 위에서 예를 든 사람들의 자살도 대개 자신의 고통과 타인에게 끼칠 부담이 문제가 됐다. 만약에 어떤 노인이 마음 속 깊이 아직은 죽고 싶지는 않지만, 일테면 말이다, 젊은 자식들 그리고 부담을 진 며느리의 서늘한 눈초리에 짓눌려서 자기 속마음과는 달리 체면치레용(우리나라 사람은 체면 문제가 간단치 않다) 안락사를 요청하지 않을 수 없는 분위기에서 안락사를 요청하는 거라면 어쩌나? 지금 살아가고 있는 사람에게는 결코 일관성을 요구하지 못하지만, 죽어가는 사람에게는 일관성이 필수다. 왜냐하면 다음의 예화를 보면 그렇다.

"전이성유방암을 앓는 시벨 부인은 자신이 죽을 것을 알면서도, 그래서 "이번이 나의 마지막 여름이었어요."라면서도 한편으로는 "의사가 내 다리를 좀 빨리 봐 주셨으면 좋겠어요. 지금처럼 나빠지다가는 내 집까지도 걸어 돌아가지 못하겠어요." 혹은 "창문을 닫아요. 이러다가 죽겠어요. 폐렴에 걸릴지도 몰라요." 이는 마치 곧 폐차시킬 낡은 차를 운전하면서 새로운 타이어가 필요하다고 안달하는 것과 마찬가지다. 이런 사고행태 때문에 안락사를 요구하면서도 약 복용이나 새로 발생한 통증의 원인들에 불안해하는 것을 보면서 그 사람의 안락사 요청이 진지한 것인지 의심하게 되면서 진짜 안락사를 원한 건지 의심이 간다."〈죽음과 함께 춤을〉고 했다.

그래서 사전의료지향서와 병행해서 죽어가는 사람의 추정적 의사를 객관화하고 이를 숙려하는 시간이 필요하다. 더 중요한 문제가 또 하나 도사리고 있다. 건강할 때는 그리도 쾌쾌히 좋은 죽음을 맞겠다던 사람이 막상 죽음이 코앞에 다가왔을 때 "아니, 벌써~" "그래도 조금 더" 하며 목숨을 부지하려 드는 그런 때를 생각해본다. 죽음이 막상 코앞에 현실로 닥쳐왔을 그때 마음이 변하는 경우 말이다.

이런 미묘한 분위기 속의 문제는 평소에 '생전 유언(Living Will)'이나 '사망 전 유언(Advanced Directives)' 아니면 '자연사법(Natural Death Act)'을 원용해 볼 필요가 있겠다. 의사결정 대리인을 지정해 두거나 병원윤리위원회의 도움을 받을 수 있다는 것도 잊지 말 일이다.

우리나라 여론 조사에서도 성인 네 명 중 세 명은 회복이 기대되지 않는 상태에서 생명연장을 원치 않는다고 했다. 고통이 극심한 불치병 환자가 죽을 권리를 요청할 때 치료 중단에 동의한 의사도 70퍼센트나 되었다. 약물이나 의료기구를 이용하여 환자를 죽게 하는 '적극적 안락사'에 대해서도 56.2퍼센트의 의사가 찬성했다는 보고도 간과할 수 없는 부분이다.

안락사가 합법적으로 시행되는 나라, 네덜란드

안락사가 필요불가결한 경우가 분명히 있다고 어림잡을 때면 나는 한 나라가 떠오른다. 네덜란드다. 스캇 박사는 네덜란드의 의료체계가 독특해서 의사들의 안락사 시행이 가능하다고 했다. 어쨌거나 이 나라는 안락사를 헌법에서 인정한 나라다.

이 나라는 쿨한 나라다. 어떻게 근엄해야 할 정부가 정색하고 마약을 허용하고, 매춘을 허용하고, 동성 혼인을 허용하고 그리고 안락사를 허용할 수 있단 말인가. 소위 선진국이란 옆동네 고만고만한 나라들은 이런 문제들에 대해서 아직도 왈가왈부하는 가운데 우왕좌왕하고 있는가 하면, 한쪽에선 슬며시 반쪽만 허용하고 있는 처지다. 미국은 한 술 더 떠서 한 쪽에서는 된다고 하는가 하면 한 쪽에서는 안 된다 하기도 한다. 이런 소용돌이 가운데 끼어있는 조그마한 나라인 네덜란드가 소신 있게 사회 금기들을 법적으로 허락했다.

그런 용기와 소신은 어디서 왔을까. 《먼 나라 이웃 나라》의 저자 이원복 교수는 그 이유를 "개인의 자유와 권리를 최대로 보장하며 개개인 스스로의 판단을 최대로 존중해준다는 개인 중심적 사고"에서 찾았다. 이런 사고를 하게 된 밑바탕에는 칼뱅파 신교가 국교인 것도 한 몫 하지 않았을까 라는 게 내 생각이다. 전적으로 동의하지는 않지만, 타인의 입장을 존중해주려는 헤도헌gedogen 즉 관용(tolerrance)의 정신 말이다. 관용을 베풀어서 비록 작은 악이 일어나는 것을 감수하더라도 큰 악을 막아보겠다는 대의를 관철시키고 있다.

이런 금기사항들을 허락한 후의 그 나라 형편은 어떨까. 천하 망나니 후레자식들이 꾸리는 나라처럼 됐을까? 천만에. 어느 나라보다 질서정연한 나라다. 그리고 부자나라다. 국민 수준은 어떨까. 아주 높다. 우리가 다 아는 히딩크 감독이 있는 축구 강국이고, 고흐나 렘브란트 같은 화가나 스피노자 같은 철학자를 낳은 문화강국이다. 뒤에서 우물쭈물 사회악이 독버섯처럼 퍼지는 일이 없다. 사람으로서 지킬 수 있을 만한 느슨한 규제 가운데서 금기사항들이 행해질 뿐이다.

나는 궁금하다. 금기사항들이 합법적으로 행해지고 있는 나라와 금기사항들이 불법으로 비밀리에 벌어지는 나라들과의 비교 통계수치가 궁금하다. 단순 비교 통계수치는 없지만, 네덜란드에서는 금기사항들을 허락한 이후에 안락사 쪽을 보자면, 아닌 게 아니라 꾸준히 증가하고 있기는 하다. 여기에 노년인구의 증가를 감안해 본다면, 해답이 보인다. 마약 문제를 보면, 가까이는 미국 전 부시 대통령이나 클린턴 대통령이 물경 몇 백만 달러를 들여 마약을 근절하려고 했지만, 효과가 미미한 것과 비교가 된다. 인간은 하지 말라는 일은 한사코 하고 싶어 하는 '청개구리 심보'를 가진 동물임이 확실하다.

존엄사로
가는 길

안락사란 단어만 들어도 경기하듯 반응하는 우리나라 사람들이 죽을 사死자가 든 '존엄사'를 사뭇 '소극적 안락사' 쯤으로 반응하는 혼란이 있었던 적이 있다.

존엄사의 정확한 뜻을 알고나 보자. 한마디로 말해 인위적으로 사람을 죽게 하는 것이 아니다. 어차피 죽어갈 사람에게 목숨줄을 이어서 인위적으로 생명을 연장시키지 않는 것이다. 통증만을 없애 주면서 품위 있게 자연사하게 하는 것이다. 그런데도 우리나라에서는 여러 날 찬반 논란으로 뜨겁게, 시끄러웠다.

수명을 잇는다는 것

젊은 사람이라면, 또 모르겠다. 세상에 기적이라는 것이 있다고 하니 말이다. 몇 년이고 회생 가능성이 불분명하지만, 식물인간인 채로 살게 하면서 기적을 기다릴 수도 있겠지. 식물인간 상태는 다양한 의학적 상황을 포괄하고 있기 때문에 단순히 적용하기가 그렇다 하지만 부편적으로 봐서 죽을 나이가 다 된 노인을 이런 식으로 연명케 하는 것이 과연 효도이고 인간적일까?

반 안락사주의자들의 선언대로 "생명의 컵을 마지막 한 방울까지 비워 버리고 싶다."《죽음과 함께 춤을》, 그렇게 명을 이어 가고 싶을까.

내 목숨은 내 자의대로 해야 할 이유가 우리 헌법에 명시되어 있다. 생명의 컵을 마지막 한 방울까지 비우고 싶은 사람도 있고, 한편에서는 "인간은 비인간적인 비참한 모습으로 죽어가는 것보다 스스로 인간답게 죽을 수 있는 권리를 긍정하는 것이 정당하다." 허일태, 《안락사에 대한 연구》 면서 일찌감치 인간답게 죽겠다는 사람도 있다. 그러나 현실은 사람들 원대로 되지 않는다.

저자가 요양시설에서 10여 년 넘게 살면서 써낸 책 《반만 버려도 행복하다》에 나온 얘기다. 90세 할머니가 별다른 병 없이 노인 특유의 기력 쇠약증, 그냥 노쇠현상이 왔단다. 모두 "할머니가 가실 준비를 하시는구나!"라고 생각했다. 병원으로 간 다음, 한참 만에 할머니는 퇴원했다. 위에 구멍을 뚫어 영양공급을 받는 위루술 환자가 되어 돌아왔다. 기저귀를 차고 하루 종일 침대에서 지내는 삶을 보고 같이 있던 할머니가 쌓인 우울을 쏟아냈다.

"아흔이 지난 어머니를 왜 저렇게 힘들게 해요? 저건 효도가 아니라 불효라니까요. 우리는 조용히 살다 편안하게 죽음을 맞을 마음의 준비를 하고 이곳에 온 노인들이잖아요. 하나님은 입으로 먹고 인간다운 품위를 지키고 살라고 했을 텐데, 천수를 다한 노인을 저렇게 붙들어두고도 효도니 사랑이니 하나님 뜻이라니!"

아들이 고개를 떨어뜨린다.

"병원에 갈 때 저희는 어머니가 돌아가시는 줄로 알았어요. 아시겠지만, 그때 모습이 그랬지요. 마음의 준비를 하고 갔는데 의사가 시술부터 하자며 동의서를 내미는 거예요. 어떻게 못 한다고 하겠어요. 그 경우 대부분의 자녀들이 동의서에 서명하게 되어요."

품위 있는 죽음이라는 것

본격적인 존엄사 논쟁이 촉발된 계기는 2009년 법원이 처음으로 존엄사를 인정한 일명 '김 할머니 사건'이다. 그 이전부터 우리 사회에서 외치던 웰빙 바람에 뒤이어 웰다잉을 돌아보는 시대가 되었다. 어느덧 매스컴에서도 공공연히 '존엄사'를 생각할 때가 됐음을 얘기하고 있다.

김 할머니 사건을 계기로 존엄사법은 찬성하는 쪽으로 가닥이 잡혀가고 있다. 존엄사 즉 품위 있는 죽음은 죽음이 임박했을 때 의학적으로 무의미한 연명치료를 중단하는 것이다. 무의미한 연명치료 과정에는 특수한 연명장치, 일테면 심폐소생술이나 인공호흡기 등을 말한다. 문제는 이런 특수 연명장치를 사용해서 '회생'시키는 것이 아니고, '연명'을 시키는 것이기 때문이다. 이때 연장된 생존기간의 대부분은 겪지 않아도 될 고통의 기간이 된다. 인공호흡기를 끼면, 그 고통이 극심해서 대개는 수면제로 잠을 자게 한단다.

그렇다. 우리는 눈에는 보이지 않는 먼지 한 가닥도 내 기도에 들어가면 기침을 하며 뱉어내려 하는데 인공호흡기의 관을 기도에 끼어야 숨을 쉬는 처지에서 목숨을 연장하는 삶에 무슨 의의가 있을까? 그것도 가족을 비롯해 아무도 만나볼 수도 없고, 말도 할 수 없이 중환자실에서 수면제에 의지해서 목숨을 부지하는 그 생명이 도대체 무슨 의의가 있단 말인가? 그야말로 말기환자에 대한 치료비 지출은 '고통연장 비용'에 불과하다는 말이 맞다.

원래 인공호흡기나 심폐소생술 같은 연명장치는 교통사고나 급성질환으로 생명이 위협을 받는 환자들의 목숨을 구할 때에 쓰이는 거다. 의학 발전의 빛나는 성과를 응급조치용에나 쓸 것이지, 몇 년 몇 개월이나 식물인간 상태로 명줄을 잇게 하는 데 사용해서는 안 될 것이다. 자연스럽게 임종을 맞이할 만성질환자나 노인들에게까지 널리 그리고 자주 사용되는 것은 의학기술의 오용에 가깝다고 나는 본다. 의미 있는 삶이 아니라 중환자실에서 극심한 고통을 받는 기간 연장을 위하여 이 좋은 의료기술이 쓰이다니!

우리나라는 1년에 25만여 명이 사망하고 있다. 대부분의 사람들이 병원에서 임종을 맞이한다. 그러면 임종의 전 단계에서 어느 선까지 연명치료를 할 것인지를 놓고 의료진과 환자 가족 간에 견해차가 있게 마련. 여기서 더 난처한 상황이 벌어지기도 한다.

그것은 환자 가족 간에도 성가한 큰 자식과 어린 자식 사이의 의견 충돌, 배우자와 자식 간의 갈등……. 일테면 성가한 자식은 이성적으로 연명치료를 중단하려 하는데, 어린 막내는 형이 엄마를 죽게 내버려 두려 한다고 울며 대드는 이런 난처한 상황이 벌어지지 않는다고 뉘라서 말할 수 있을까.

거기다가 한 술 더 떠서 존엄사를 소극적 안락사쯤으로 오해까지 하는 혼란이 보태지면, 이건 엄숙하고 정중해야 할 임종의 자리가 가족이나 형제 간의 싸움판이 되는 현장도 나는 봐 왔다.

다시 말하지만, 존엄사란 회복이 불가능한 상태에서 연명기기를 쓰지 않고 자연적인 죽음으로 가게 하는 것이다. 결코 치료 중단으로 죽음이 앞당겨지는 일에 의사가 관여하는 게 아니다. 지금까지는 의학적 결정을 하는 주체가 의사였지만, 이제는 환자의 자기 결정권이 의료기술보다 우선하게 된 점이라고 했다. 김 할머니 사건의 대법원 최종 판결도 본인의 생명에 대한 가치관을 근거로 삼은 것이다.

헌법상의 최고 이념인 인간으로서의 존엄과 가치 및 행복을 추구할 권리를 우리는 가졌다고 했으니까 자신의 삶을 스스로 결정할 수 있는 인격적 자율성을 인정해 주어야 한다.

회복이 불가능해서 치료가 의학적으로 아무 의미가 없을 그때 환자의 요구를 거부해서는 안 된다. 의료계와 종교계에서는 소극적인 안락사는 반대하지만 존엄사는 찬성하는 쪽이다.

각 나라의 존엄사

존엄사를 법적으로 허용하는 나라로는 네덜란드, 벨기에, 룩셈부르크, 스위스 등이 있고, 상황에 따라 존엄사를 인정하는 나라는 미국, 호주, 영국, 일본 등이 있다. 대부분 국가는 제한적으로 존엄사를 허용하는 분위기다.

세계 최초로 존엄사를 인정한 나라는 네덜란드다. 1973년부터 편안하게 생을 마감할 권리를 달라는 운동이 시작된 이후 30년에 가까운 논쟁 끝에 결국 지난 2000년 존엄사를 인정하는 법안이 의회에서 통과됐다.

프랑스에서는 2004년 하원에서 말기환자 치료 거부권이 승인됐다. 교통사고로 몸이 마비된 뱅상 왕베르의 연명장치를 어머니가 제거시킨 사건이 계기였다. 이어서 2005년 '인생의 마지막에 대한 법안'이라는 이름으로 소생 가능성 없는 말기환자가 존엄하게 죽을 권리를 인정한 법이 상원에서 통과되었다.

미국은 1976년 1월 뉴저지주 대법원이 환자 카렌 퀸란의 아버지를 후견인으로 임명하고, 후견인의 의뢰를 받은 담당 의사가 병원윤리위원회의 승인을 거쳐 생명유지 장치를 제거하는 것을 허용했다. 이 사건을 계기로 미국의 많은 주에서 자연사법을 제정하기 시작했다. 대부분의 주는 생전 유언서 외에 의료진에 대한 사전지시서에 대한 법률도 제정했다. 지금은 오리건과 워싱턴 등 2개 주에서 자발적 존엄사를 인정한 법률 제정한 상태고, 49개 주에서도 산소호흡기 제거 등 소극적 의미의 존엄사는 용인하고 있다.

일본에서도 소극적 안락사나 존엄사는 대체로 용인되고 있다. 일본 후생노동성은 2006년 '종말기 환자 치료에 관한 가이드라인'을 제정해 운용하고 있다. 법제화 없이도 자연스러운 존엄사를 시행한다.

독일은 자살에의 관여를 처벌하지 않는 원칙에 입각하고 있다. 자살 의사를 존중한 관여자의 행위는 처벌되지 않으며, 자살자가 통찰 능력과 행위 능력을 상실한 이후에도 부작위법으로 처벌하지 않는 형법의 한계를 명확히 하고 있다.

7장

나의
아르스 모르엔디를

위하여

몸과 마음은
늘 함께 가지 않는다

여든하나인 언니는 늘 죽음을 이야기한다. 삶은 좋았지만, 장수는 싫다고 한다. 자기는 아무래도 백 살을 넘길 것 같다고 한다. 백 살을 살자면, 아마도 몸과 마음이 많이 망가질 것을 걱정하고 있었다. 어서어서 몸과 마음이 더 망가지기 전에 그리고 사람들에게 폐를 끼치기 전에 죽어야겠단다. 죽겠다는 열망(?) 속에서 벗어나지를 않은 채 살아가고 있다. 옆에서 지켜보는 내가 보기에도 죽고 싶다는 그 마음은 진정이다.

하긴 내 언니는 오래 살긴 할 것 같다. 사실 언니는 평소에 해야 할 일들을 유난히 서둘러 해버리는 습관이 있다. 가령 식사대접을 하겠다고 사람들과 약속했다면, 아무도 서둘러서 그 밥을 먹지 않으려 해도, 본인은 서둘러서 대접하고 나서 맘 편히 지낼 수 있는 그런 분이다. 그러니 죽을 나이(내 언니의 기준일 뿐이다)가 되자 자기가 할 일을 바로바로 못해서 괴롭다는 듯이 죽음을 서두르고 있다. 그리고 보니 죽는 것도 평소 살던 대로 죽는 건가?

영영 깨어나지 않을 긴 잠

사실 예순이 넘은 분들 대부분은 현대의학 그러니까 이런저런 병 치료와 관리 그리고 수술 덕에 살고 있다. 예전 아니, 불과 4, 50년 전만 해도 속절없이 죽어 갔을 사람들이 요즘은 첨단의학 덕에 살고 있는 게 우리네 현실이다. 노년 인구가 많아지는 연유렸다. 현대의학의 발달로 근본적으로 죽음의 속도가 느려져 간다. 한때 확실한 죽음의 원인이던 질병들이 이제는 일시적 불편이나 비교적 가벼운 곤란 정도만 야기하고 있다. "희망이 없으면 치료를 중단한다."는 명백해 보이는 논리가 무너지고 있다. 죽음이 더 이상 우리가 생각하는 정해진 시점이 아니기 때문이다.

죽고 싶다는 내 언니는 천연 그대로 80년을 살아온 사람이다. 병치

레가 잦았던 어렸을 적 빼고는 아무런 의학적 도움 없이 80년을 살았다. 아스피린이나 소화제 하나도 써 보지 않았다. 감기가 들면 누워 쉬면서 재채기 몇 번으로 끝내고, 어쩌다 먹은 게 얹히기라도 하면 따끈한 백비탕(물에 백설탕을 잔뜩 넣고 팔팔 끓인 물) 한 번으로 끝내거나 하루 이틀 굶고 만다. 몸이 아프면 뜨거운 물로 반신욕을 해서 통증을 가라앉히고 끝낸다. 병원 신세는 70대 말에 안과를 다녀온 것 말고는 없다.

그러면 내 언니가 건강해 보이는가, 천만의 말씀이다. 키는 160센티미터지만, 일생을 통해서 몸무게가 42~43킬로그램을 왔다갔다 한다. 소원이 몸무게가 45킬로그램이 되는 거다. 먹는 거는 그야말로 소식이다. 나는 새 모이 먹듯 하는 거냐고 놀려댄다. 한 술이라도 더 먹었다가는 곧 배설해버린다. 내가 비타민제 같은 걸 권해도 커다란 알약을 넘기지도 못하겠단다.

그런데도 병 없이 나름대로 건강하다. 물론 지구력은 약하다. 하지만 소식 때문에 모자란 체력은 어떻게 하나. 놀랍게도 언니의 몸이 스스로 맞추어 주고 있다. 가령 조금이라도 외출이 잦거나 걷기가 많았다 하면, 열일을 제치고 곧 잠을 잔다. 어떻게 그렇게 대낮에도 그리고 그 좋아하는 드라마를 포기하고, 잠을 그것도 깊이 잘 수 있는지 신기하다. "잠자는 이들과 죽은 이들이 어쩌면 그렇게 서로 같은지! 죽음은 그 날짜가 알려지지 않았도다!" 길가메시의 서사시대로 어느 날일까, 영영 깨어나지 못하고 긴 잠을 자는 죽음을 바라고 있는 분이다.

오묘한 신체의 관성법칙이여!

어떻게 그럴 수 있을까? 신기하게도 몸이 자기한테 맞게 조율해 가고 있는 거였다. 소식이되, 결코 나쁜 음식은 먹지 않는다. 조금이지만, 알차게 먹는다. 어떻게 그렇게 조금 먹고도 변비하고는 거리가 멀 수 있는지 신기하다. 비록 사이즈는 작지만, 몸이 알아서 원활한 신진대사를 해가며 생명을 끄떡없이 유지시키나 보다. 소위 과식에서 나온다는 활성산소나 유해산소가 나오지 않아 병 없이 오래 사는가 보다. 또 한 언니는 여든일곱이지만, 몸무게는 36킬로그램에 소식을 하고 있고, 그 흔한 성인병도 없다. 단지 청력이 나빠졌을 뿐, 생명에 지장 있는 것은 없다.

그 뿐인가. 모든 욕심과 걱정 근심을 내려놓고 편안을 가장 우선하는 삶을 살고 있다. 그런 형편이니, 내 언니는 자기는 장수할 것임을 확신하고 있다. 이런 언니의 영혼과 육신은 함께 오래 그리고 길게 갈 거라는 예측에 나도 동의한다. 여기다 한 가지 더 내 나름대로 장수할 이유가 있다고 생각한다. 그것은 내 자의로 명명한 '오묘한 인체의 관성 법칙'이 작용하고 있다고 본다.

인체의 관성 법칙이란 뭔가. 예컨대 가까이는 김 할머니의 경우 인공호흡기를 빼면 바로 돌아가실 거라고 예측했다. 그러나 웬 걸? 김 할머니는 201일이나 더 살다가 가셨다. 어디 김 할머니뿐인가. 미국의 카렌 퀸란의 경우를 보면, 더욱 불가사의하다. 21세의 퀸란이 약물과다 복용으로 혼수상태에 빠진 것이 1975년 4월. 식물인간 상태가 6개월이 지속되자 의사와 신부의 묵인 하에 퀸란의 부모는 인공호흡기 제거를 요청했지만 거절당했다. 법정공방 끝에 1976년 인공호흡기 제거를 허락받았고, 그해 5월에 호흡기를 제거했다. 하지만 퀸란은 무려 9년을 더 살다가 1985년 6월에 사망했다.

바로 죽을 사람이 의료기기 도움 없이 10년 가까이 더 기계적으로 숨을 쉴 수 있었다는 것은 뭘 말하는 걸까? 오묘한 인체의 관성법칙에 의해서라고 나는 말하겠다. 이런 인체의 관성법칙은 약하다 약한 나의 언니의 장수에도 한 몫 기여하고 있을 거다.

어떻게든 빨리 죽을 궁리를 하고 있는 주인의 마음을 아는지 모르는지 언니의 몸은 열심히 아주 미약하나마 한 치의 오차도 없이 잘 작동하고 있다. 몸은 죽음과는 정반대되는 쪽으로 조용히 규칙적으로 가고 있는 데야 어쩌나, 아무리 언니 마음이 죽어지기를 바란들 언니 몸이 이렇게까지 대책 없는 모범생처럼 굴면……. 몸과 마음의 엇박자가 보통이 아니다.

　대체로 많은 노인들은 내 언니와 정반대로 몸과 마음이 따로 놀고 있는 걸 보게 된다. 마음은 오래 살겠다는데 몸은 자꾸만 죽음을 향해서 가듯 병이 끊이지 않는 사람들 말이다. 내 보기에 돈 많은 사람 중에 그런 사람이 많아 보이지만, 반드시 그렇지만도 않다. 돈이 없어도 마냥 살고 싶어 하는 사람들도 많다. 살기 위해 온갖 좋다는 먹을거리를 찾고, 운동도 하지만 그렇게 몸을 위하면 위할수록 몸은 엉뚱하게도 엇박자로 놀고 있는 경우가 많다. 일테면, 일껏 잘 먹어줬더니 피 속에 콜레스테롤을 쌓아 놓거나 당뇨로 고생을 시킨다던지, 고생고생해서 이런 증상들을 고쳐 놨더니, 이번엔 기관지가 어쨌다나, 일 년 열두 달 기침을 달고 살고……. 참으로 야속하게 구는 몸뚱이다. 아무리 마음으로 오래 살려고 애쓰면 뭐 하는가. 몸이 주인의 마음과는 달리 자꾸만 거꾸로 달려가는 그 심통을 어쩌면 좋단 말인가.

마음과 몸이 같이 가는 날

죽어갈 그때에 몸은 어떨까? 천수를 다한 노인들이 숯불 사위듯 조용히 사그라지듯 죽는다면, 지금 이 책 같은 것이 나올 필요도 없으리라. 그런데 마음은 원이로되 몸이 말을 듣지 않는다는 성경 구절 마냥 몸이 그냥 죽어가지를 않는다. 소위 '단말마'의 고통을 겪는다. 마지막 몸부림을 치는데, 실은 이게 산소 결핍으로 인한 근육경련이란다. 몸이 죽지 않으려고 마지막 사력을 다하는 모습은 마치 "원초적인 본능으로부터 솟아오르는 강렬한 저항처럼 보인다고 한다. …… 서둘러 떠나려고 하는 영혼을 향해 일으키는 몸의 분노라고 할 수 있다."《사람은 어떻게 죽는가》

몇 달 아니, 몇 년 동안이나 병으로 고통받고 시달려 왔으면 이제 그만 떠날 법도 하건만, 우리의 체조직은 영혼과의 결별에 끝끝내 저항하고 화를 내는 거란다. 그래서 9988234란 말도 나오고 심지어 일본 나가노 현의 사쿠시 나리타산야쿠시지 단지에는 '핀코로(원기가 넘치다 갑자기 죽는다는 뜻) 지장보살'를 세우자 연간 2만여 명이던 참배객이 5만 명을 넘어섰다고 한다.

이는 뭘 말하는가. 죽음의 괴로운 기간을 단축시키고 싶은 많은 노인들의 열망이며 염원인가. 단말마의 고통이 마지막에 이르면, 호흡이 중지되거나 아주 높게 심호흡하는 상태가 되면서 무의식이 함께 찾아온다. 동시다발적으로 가슴과 어깨가 한두 번씩 요동 치면서 마치 세상을 등지기 싫다는 듯, 짧은 고뇌를 보인다. 이러한 단말마의 고통 기간은 이미 사망 기준에 포함되며 그 이후에는 영면상태에 들어간다고 한다.

내 마음과 달리 몸이 따르지 않아 문자 그대로 사투를 벌여야 죽는 그런 상태를 뉘라서 좋아할 리가 있겠나. 죽기까지 사투를 벌이다가 인격 체계까지 무너지는 그것이 무서워서 과거 지도자급 여성들이 소리 없이 죽을 약을 모은다는 얘기를 했다.

내 언니 역시 아마도 '그런 짓'을 할 것으로 나는 추정하고 있다. 일생을 남과 싸워보지 않던 내 언니가 자기 몸과 사투를 벌이기 싫어서 그 전에 어서 손을 써서 지레 죽고 싶다는 데야 누가 뭐라 할 수 없지 않은가. 이것이야말로 "개인의 자유와 권리를 최대로 보장하며 개개인 스스로의 판단을 최대로 존중해달라는 개인 중심적 사고"(안락사를 합법화하자는 이론의 근거)를 하는 셈인데, 뉘라서 딴죽을 걸 수는 없지 않은가.

아무쪼록 내 마음이 원하는 대로 내 몸이 같이 조화롭게 나아가기를 희망한다. 좋은 죽음이란 무엇인가. 마음과 몸이 사이좋게 조화를 이루면서 함께 나가다가 맞이하는 죽음이 아름다운 죽음일 것이다.

나도 과학의 도움을
원한다

사람이 숨을 거두는 진짜 이유는 뇌졸중, 심장마비 등 여러 가지겠지만, 직접적인 이유는 다 낡아빠져서 못쓰게 된 신체조직 때문이다. 숨을 거둘 만큼 신체조직들이 낡아빠져 있어 작동을 멈추는 것이다. 이런 상황에서는 아프다는 단어로는 부족하고, 어떻게도 표현할 수 없는 그야말로 실제로 죽을 것 같은 그 지경에 이를 거다. 그럴 때 사람이 옆에 있어도 없어도 나는 홀로 있을 것이다. 말로 몸으로 표현할 수도 없는 그 지경에 이르러 있다.

　꼼짝없이 가물가물 하고 있는 내게 그래도 들려오는 소리는 있단다. 분주히 오가는 사람들의 소리, 달그락거리는 병원 기구 다루는 소리,

사람들의 세속적인 너무나 세속적인 이런저런 의논조의 소리 등…….

곁을 지켜주는 이들에게서 위안을

인간이 마지막까지 남아 작동하는 기관이 '귀'라는 데는 거의 이견이 없다. 죽음까지 갔다 와서 증언하는 이런 저런 얘기가 많지만, 지금 우리 곁에 있는 시인의 증언을 보면 확실하다. 최하원 시인이 1993년 뇌졸중으로 쓰러졌을 때를 회상하며 쓴 글 일부다.

"증세가 급격히 악화되어 산소호흡기를 쓴 채로 누워 있어야 했다. 말도 못하는 상황에서 살아있는 것은 청신경뿐이었다. 귀뚜라미 소리, 라디오 소리, 껌 씹는 소리, 하이힐 소리, 신음소리……. 나는 그 소리들을 들으면서 의식을 잡았다, 놓쳤다 했다."

"삐삐, 지지직거리는 모니터, 씩씩거리는 호흡기, 뻑뻑대는 계기판 등 모든 현대 의학기기는 환자들이 누려야 할 정당한 권리인 희망을 앗아가는 무기다. 이런 면에서 볼 때, 인류에게 희망을 준다고 알려진 과학문명은 인류의 희망을 빼앗기도 한다. 생색을 내며 삶을 좀 더 연장시켜 줄 수는 있어도 그것과는 견줄 수 없을 정도의 큰 대가를 치르도록 강요해 환자들로 하여금 '마지막 몸부림'을 치게 만든다."〈우리는 어떻게 죽는가〉

어쩌면 내가 죽어가는 마지막 상황도 이러하지 않으려나? 어쩔거나, 나는 입이 있어도 말을 할 수 없어 언론의 자유가 없는 상태다. 내가 죽어가는 상황인데 죽어가는 당사자인 나 중심이 아니라 살아갈 사람들 중심으로 우주는 돌아가고 있을 테지. 죽어가는 주인공인 나는 속수무책인 상황이다. 고집을 버리고 양순하게 변하는 수밖에 없다. 하지만 이는 양보나 승복이 아니라, 우리 삶에서부터 서서히 벌어지게 만드는 무력감이고, 이를 승복하지 않을 수 없는 패배감이리라.

죽음 전후, 언저리에서의 일은 살아 있는 사람의 문제라고 했기로서니, 이런저런 세속적인 이유 때문에 임종시간을 늘려 달라는 그런 요구는 죽어가는 자의 아픔이나 인권 그리고 그의 존엄을 생각하지 않는 행위다. 사람들이 있으나 사람들과 분리되어 '나 홀로' '외로이' 죽어가는 고독을 어쩔거나. 하긴 죽음이란 혼자서 치러야 하는 졸업시험 같은 것이라니 혼자서 치를 수밖에.

과학의 도움을 나도 원한다. 그것은 수전 손택처럼 죽지 않으려고 매달리기 위해서가 아니다. "오늘날이라고 해서 죽어가는 모든 이들에게 고통 없는 죽음을 보장해 줄 정도"는 되지 못하겠지만, 그래도 "현대의 학은 옛날이라면 끔찍한 고통 속에서 괴로운 죽음을 맞이했을 수많은 사람들에게 더 평온한 죽음을 가져다 줄 수 있을 정도로 충분히 발전"

<죽어가는 자의 고독> 했다는 그 덕을 나는 보고 싶다.

1904년 윌리엄 오슬러란 의사가 <죽음의 양태와 임종시 감성에 관한 고찰>에서 500명의 임종을 그렸다. 500명 중 90명만이 고통이나 고뇌를 보였을 뿐 대다수 환자들은 그들이 태어날 때처럼 조용히 눈을 감았다고 했다. 그런데 눌랜드 박사는《우리는 어떻게 죽는가》에서 이설에 강한 의문을 달았다. 몇 날 몇 주 씩 죽기 전에 마치 자신의 죄과를 치르듯 (5명 중 1명꼴로) 고통스러워하는 모습을 속절없이 지켜봐야 하는 가족과 임상의로서 낙관주의자인 오슬러의 견해에 동의할 수 없다고 했다. 물론 마지막 코마 상태에 이르러 심장이 멈추는 그 순간에는 평온해질 수 있을 거라고 했다. 하지만 코마 상태에 이르기까지 아니면, 마지막 그 순간까지도 고통을 느끼며 죽는 사람들도 수없이 많다고 눌랜드 박사는 주장한다.

더 말할 게 어디 있나. 오슬러가 자신의 이론을 몸소 실천해 보려고 했지만, 엄청난 고통 앞에서는 속절없었다. 유행성 감기로 시작해서 폐렴으로 이어진 병상생활을 지켜본 그의 아내와 친구들은 그 유명한 낙천성을 의심하지 않을 수 없었다고 한다.

죽음을 눈앞에 둔 시점에서 그는 비서에게 "정말 지옥 같은 시간들이야! 기침이 나올 땐 정말 참을 수가 없다네. 그것도 6주째 침대에 꼬박 누어서 이 고통을 받아들여야 하다니 말일세! 간밤엔 늑막염 때문에 더 힘들었네. 처음에는 숨을 크게 쉬거나 기침을 할 때만 한두 군데 바늘로 찌르듯 아프더니만 열두 시간쯤 지나고 나니까 온 몸의 마디마디가 찢어지는 듯한 고통이 찾아드는데……, 모든 요법이 무력하더구먼. 별별 수를 다 써 봐도 소용없어 진통제나 모르핀에 매달릴 수밖에."

2주 후, 그는 일흔 살에 죽었다. 오슬러 자신이 15년 전에 "무의식적이고 평온하다"고 하던 그런 죽음을 한시 빨리 와 주기만을 갈망하면서 죽어갔단다.

먼 옛날에는 죽어가는 사람에게 위안과 도움이 된 것은 다른 사람들이 곁에 있음이다. 토머스 모어가 죽어가는 아버지를 안고 키스했다는 에피소드는 내 경우에는 그저 옛날 옛적 미담 같다. 하지만 이반이 아들의 입맞춤을 받으며 부드러운 탈출을 함으로써 삶을 끝내듯이 나는 사랑하는 사람들과 손을 잡고 끝내고 싶다. '아름다운 죽음'으로 마감한 내 친구처럼.

어...쩌...면...
내가 죽어가는 마지막 상황도 이러하지 않으려나?

어쩔거나, 나는 입이 있어도 말을 할 수 없어
언론의 자유가 없는 상태다.
내가 죽어가는 상황인데 죽어가는 당사자인 나 중심이 아니라
살아갈 사람들 중심으로 우주는 돌아가고 있을 테지.
죽어가는 주인공인 나는 속수무책인 상황이다.
고집을 버리고 양순하게 변하는 수밖에 없다.
하지만 이는 양보나 승복이 아니라, 우리 삶에서부터
서서히 멀어지게 만드는 무력감이고,
이를 승복하지 않을 수 없는 패배감이리라.

나는 어디서
죽을 것인가

자신의 집과 같이 익숙한 환경에서 사랑하는 이들과 함께 하며 죽음을 맞는다면 두려움이 많이 덜어질 수 있다고 한다. 하지만 몸이 마지막 단말마의 고통에 휩싸일 때, 환자 본인의 두려움(병원에 가면 어떻게라도 해주겠지 하는 바람)과 지켜보는 가족들의 안타까움 때문에 사실, 병원에 갈 수밖에 없겠다.

미국인 10명 중 7명은 집에서 죽기를 희망하지만, 실제로 대다수의 사람들은 병원이나 양로원 등 낯선 기관에서 삶의 마지막을 맞이한다. 병원 환자의 3분의 1은 임종 전 10일간 중환자실에서 치료받는다. 그중 절반은 인공호흡기를 달고 죽음을 맞이한다. 환자의 5명 중 3명은 낯선 의사가 지켜보는 가운데서 외롭게 그리고 막대한 의료비를 짊어지고 사망한다. 이처럼 선진국이나 우리나라나 대다수가 죽음을 병원에서 맞이한다. 독일에서는 4분의 3이 병원에서 죽는단다. 우리나라는 2명 중 1명이 병원에서 사망하며, 특히 암환자는 70퍼센트 이상이 3차 병원의 급성병실을 이용하고 있다.

'죽음은 집을 떠나 병원으로 갔다'

우리나라에는 조용한 임종실은 드물고, 화려한 영안실만 있다는 얘기가 있다. 하긴 선진국이라는 독일에서도 "임종실은 없는데, 장의실이 있다니 정말이지 기가 찰 노릇입니다!"라고 한탄하는 의사가 있다.

나는 여행을 많이 못해 본 사람이다. 거기에는 여러 가지 이유가 있지만, 그 중에서도 잠자리가 깨끗하고 쾌적하지 않으면 천하 없는 명승고적도 내 눈에는 별로다. 잠자리가 깨끗하고 쾌적하려면 고급 숙박을 택해야 하고, 자연히 고가의 여행이 된다. 나의 여건상 잦은 여행이 불가능했던 것은 당연하다. 하지만 여행이란 안 가도 사는 데 아무런 지장이 없다.

반드시 가지 않을 수 없고, 피할 수 없는 여행이 있다. 바로 죽음으로 가는 여행이다. 아니, 며칠 가도 되고 안 가도 되는 여행길에서도 잠자리가 좋고 나쁨에 유난을 떠는 내가 죽으러 가는 멀고 먼 그리고 마지막이 될 여행길의 초입에 내 자리가 쾌적하지 않다니, 이건 내게는 있을 수 없는 얘기 같다.

그런데 말이다, 살다가 마지막에 가장 편안하고 지극한 서비스를 받아야 할 임종 시기에 임종을 맞이할 장소가 마땅치 않다. 6명 내지 더 많은 아픈 사람들과 한 방에서 복작대다가 한구석에서 죽어가야 하다니……. 지극히 은밀하고 사적이어야 할 죽음을 이런 장마당 같은 구석에서 치러야 하는 것은 비참하다. 날마다 죽어나가는 사람을 지켜보는 옆자리 환자들의 처지, 또한 딱하다.

상태가 위급하면 중환자실로 가게 되어 있다. 난 그곳이 인생을 마무리하기에는 너무 비정한 곳이라 생각한다. 면회가 되지 않은 환경에서 온갖 의료기기들의 삑삑거리는 소리와 깜박이는 불빛 속에서 몸 여기저기에 주렁주렁 의료기기를 끼고 죽어가야 한다? 이런 상황은 내가 평소에 꿈꿔온 마지막과는 천양지차가 난다. 내가 한평생 살아온 세상을 관조하면서 마무리하기에는 너무나 적절치 못한 환경이다.

내 아버지, 어머니가 떠난 자리

내 아버지, 어머니 모두 집에서 식구들이 지켜보는 가운데 돌아가셨다. 30여 년 전, 내 아버지 일흔 살에 소풍가듯 나와 어머니와 점심으로 냉면을 먹고, 걸어서 병원으로 진찰받으러 갔다. 그리고 일주일 만에 부축받아 퇴원하셨다. 그때 아버지께는 가르쳐 드리지 않았지만, 우리 모두는 마지막이 가까웠음을 알았다. 갑작스런 소식에 일가친지들의 방문이 줄을 이었다.

죽음은 여러 크기로 온다더니, 내 아버지 죽음의 크기도 제법 컸던 모양이다. 돌아가시기에는 아까운 분이었다. 이어지는 방문객을 맞느라 내 어머니는 마치 명절이나 맞은 듯 가래떡을 몇 말째 뽑아 왔고, 부엌에서는 고깃국물이 설설 끓고 있었다. 보고 싶은 사람, 오겠다는 사람 다 맞이하고 그리고 어느 순간, 갑자기 찾아온 심장마비로 순식간에 돌아가셨다. 내가 해드린 거라고는 당시에는 절대 가능하지 않던 마약 주사를 그야말로 빽을 써서 얻어다가 놓아드린 거밖에 없다.

아버지는 돌아가시면서 어머니한테 "육십이 지나서 남편을 앞세운 여자는 과부라고 하는 게 아냐. 차례대로 가는 거지. 자네는 한 10년쯤 더 살다가 오게." 어머니는 10년을 더 살고 오라는 남편 말을 따르

213

지 못했다. 30년도 더 살아서 93세에 돌아가셨다. 아버지가 돌아가신 1970년대와 어머니가 돌아가신 2000년대에는 시대가 엄청 바뀌어 있었다.

딸인 내가 구십이 넘은 어머니를 모시고 사는 것이 마치 희귀하다는 듯이 사람들이 말하곤 했다. 치매도 성인병도 없는 어머니를 시설에 맡기라는 권유가 많았다. 특히 첨단을 걷는 예술을 한다는 내 아들 놈의 말은 아주 그럴듯했다. "엄마도 칠십이 넘은 노인이다(엇! 내가 노인이라고? 그렇지, 노인은 노인이지. 잊지 말자). 80대 남편과 90대 어머니, 두 노인을 동시에 모시고 사는 게 엄마 나이에는 벅찬 일이다." 이 말에 갑자기 나는 어리광을 피우고 싶어졌다.

그 다음, 아들이 하는 말, "엄마가 할머니를 모신다면서 하루에 몇 시간이나 할머니와 함께 지내슈? 도대체 할머니와 말을 몇 마디나 섞기나 하슈?" 사실 가뜩이나 이해력이 떨어진 데다가 귀가 안 들리는 어머니와 아닌 게 아니라 하루에 몇 마디나 말을 섞고 살았던가? 나는 찔끔했다. 아들의 결론은 이랬다. "시설에 모시면, 처음에는 어떨지 모르지만 할머니는 곧바로 그곳 생활에 익숙해지실 거다. 무엇보다 그곳에서 새로 사귀게 될 친구들과 어울리고 말을 많이 하면서 살게 될 거다. 바로 그것이 할머니를 행복하게 해드리는 거다. 엄마와 함께 산다지만, 하루 종일 할머니 방에서 홀로 지내는 것보다는……." 나는 흔들렸다. 나보다 한참 젊은 40대 아들의 제안이 합리적으로 들렸다.

그런데 그 무렵 어머니가 이상해졌다. 몇 해 전까지만 해도 이 딸과 좀 떨어져 살아보는 게 당신 소원이셨다. 하긴 칠십 몇 년을 함께 부대끼며 살았으니 나도 어머니도 진력이 나긴 났었나 보다. 그러던 어머니가 구십을 넘어서부터는 이 딸과 잠시도 떨어지지 않으려 하신다. 이 딸만 붙들고 있으면 세상에 그리고 죽음도 무서울 게 없으신 듯 했다. 이 딸과 떨어져 시설에 간다는 것은 상상이 안 되는 상황이었다.

그러나 은밀히 나는, 이 못된 딸은, 여기 저기 시설을 알아보긴 했다. 그러나 묘하게도 시설 입주가 자꾸 삐끗 삐끗거렸다. 베란다 수돗가에서 쭈그리고 앉아서 설거지를 해보려는 어머니를 내가 번쩍 안아다가 (아~, 엄마가 어떻게 그렇게 가벼울 수 있단 말인가) 자리에 앉히고 눕히자 그때부터 어머니는 일어나지 못하셨다. 특별히 어디 아프다는 말씀도 없이 까부라져 누워 계시게 되었다. 일어나지는 못했지만 미음도 주스도 잡숫고, 밤낮 없이 많이 주무셨다. 3일을 그렇게 지나더니, 4일째부터는 잡숫지도 못했다. 누워 계시다가도 기어서라도 화장실에 가던 분이 화장실에도 가지 못했다.

5일째 되던 날, 내 언니는 남동생 내외를 호출했다. 며느리와 조카딸이 각을 떠서 어머니 목욕을 시키자, 얼이 빠져 있는 내게 내 딸이 새 이불과 새 요에 할머니를 눕히자고 했다. 어머니를 요에 눕히자, 어머니의 숨은 마치 피아니시모 연주마냥 잦아들었다. 그런데 이상하다. 잦아들던 숨이 어느 때부터인가 날숨만 쉬고 들숨을 못 쉬었다. 날숨만 가만가만 쉬다가 마침내 날숨조차 차츰차츰 사그라졌다.

　어머니가 좋아하던 당신 방, 당신 자리에서 사랑하던 아들딸들 그리고 예뻐하던 손녀딸이 지켜보는 가운데서 숨을 거둔 것이다. 병원 입원실이나 중환자실보다 당신이 기거하던 그곳에서 돌아가신 내 어머니는 좋은 죽음을 맞았다고 나는 믿고 있다.

호스피스 시설을 떠올린다

죽음 교육에서 강사로 나온 희곡작가 이강백 님은 말했다. "자기가 죽을 자리에서 죽는 인간은 행복하다. 그 죽음은 아무리 비참해도 영광스럽다. 죽음은 오해를 불식시키고 이해하게 만든다. 살아있을 때 오해받던 인간이 죽고 나서 이해받는다. 이러한 죽음의 패러독스는 그 어떤 평범한 인간도 매우 주목할 만한 극적인 존재가 되게 한다."

　조용한 임종실은 없고 화려한 영안실만 있는 나라에서 자기가 살던 방과 자리에서 죽은 사람은 좋은 죽음을 누린 셈이다. 옛적에는 누구나 누리던 그것이 요즘은 선택된 소수의 사람만이 누릴 수 있게 됐다는 것, 아이러니하다.

사실 병세는 시시로 위중해지고 낳을 가망은 없어 보인다. 그 어간에 일어나는 온갖 증상과 거기에 따른 단말마의 고통 속에서 몸부림치는 환자를 몇 날이고 가족들이 손 놓고 지켜볼 수는 없으리라. 오죽해서 중환자실로 응급실로 뛰어다니겠는가.

이럴 때 우리는 호스피스 시설을 떠올린다. 치료는 고사하고 생명줄도 잡아주지는 않지만, 통증 조절과 마음을 평안하게 해주면서 환자를 돌봐주는 호스피스 시설이야말로 나는 죽기에 합당한 곳이라고 생각한다. 충분하지는 않겠지만, 호스피스는 죽어가는 과정을 안락하게 하는 데 중요한 역할을 한다.

병원이란 원천적으로 병을 치료하는 데만 초점이 맞추어져 있다. 가망 없는 환자를 돌보는 것은 우선순위에서 뒷줄에 밀려 있다. 홀대를 받아가며, 거기다 비용까지 쳐들어가며 병원에서 죽어가는 것은 싫다.

하지만 병원에 발을 들인 다음에는 돌아가는 병원 시스템 속에서 헤쳐 나오기가 쉽지 않다. 마치 공장의 컨베이어 벨트에 한번 올라타면, 내릴 수 없듯이. 더구나 죽어가고 있는 마당에 뉘라서 하늘같은 의사 지시를 어길 수 있으랴. 죽어가면서도 소신 있게 돌아가는 병원 시스템에서 빠져 나와 자기 집과 호스피스 시설에서 지내다 평안하게 죽어간 노부인의 기사는 죽음을 앞둔 우리에게 번쩍 정신 차리게 해 준다.

수잔 자코비(Never Say Die)의 저자는 '죽음에 대한 책임지기'란 제목으로 89세 된 자기 어머니 이르마 자코비의 죽음에 관한 기사를 썼다. 2012년 3월 20일 자 뉴욕타임스 어머니가 단도직입적으로 의사에게 물었단다. "나를 아프지 않게 처치해 줄 무슨 방도가 있느냐"고. "솔직히 지금에 와서는 아무것도 해드릴 것이 없다."는 의사의 말에 어머니는 바로 퇴원하고 집에서 지냈단다. 마지막 2주일은 호스피스 시설에서 지내다 죽어갔다. 우리나라보다 의료보험 체계가 뒤쳐진 미국에서는 이럴 때 병원에게 막대한 비용(대략 하루에 6000달러)을 지불해야 한단다. 그보다는 하루 400달러가 드는 호스피스 시설에서 지낸 것이다.

"65세가 넘은 사람으로서 사회 편의상 죽어줘야 할 의무가 있다고는 생각지 않는다. 다만 내 자신과 다음 세대를 위하여 무의미한 생명 연장에 막대한 비용을 써가며 의료 간섭의 대상이 될 수 없다고 했다. 어머니는 이러한 의지를 관철함으로써 좋은 선례를 남기게 되었고, 나는 내 어머니의 뜻을 따르는 것이 나의 의무라고 여긴다."

별다른 설명 없이 진행하는 의사들에게 맞서서 나도 이르마 자코비처럼 소신 있게 처신해야겠다는 생각이다. 비록 아프고 약해진 가운데서라도.

이처럼 "호스피스의 목적은 치료 행위를 통해서 환자를 죽음으로부터 구하고 그들의 생명을 연장하는 데 있지 않다. 그들은 간병을 통해서 죽음의 과정을 편안하게 맞이할 수 있도록 해 주는 것을 주된 임무로 하고 있다."(영혼의부정)

호스피스 시설에서는 가정에서 할 수 있는 간병과 가능하면 환자로 하여금 가정에서 품위 있게 종말을 맞을 수 있도록 하는 데 주안점을 두고 있다. "호스피스 없이 죽어가는 것은 마취 없이 수술하는 것과 같다."고 했다.

사진으로만 봤지만, 아름다운 자연 속에 있는 호스피스 병동의 깨끗한 침대와 앉아서 쉴 만한 자리를 갖춘 그런 곳에서 나는 죽고 싶다. 우리나라에도 여러 호스피스 병동이 있다. 그러나 수요에 따른 공급은 어림없다. 나는 언제 죽으려나? 나의 죽음은 지금, 어디쯤 왔을까? 내가 죽을 때쯤 이런 호스피스 시설이 많이 생기기를 기원한다.

8장

유쾌한
이별을

위하여

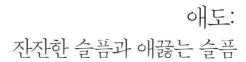

애도:
잔잔한 슬픔과 애끓는 슬픔

2000년 봄, 나는 우연히 내가 다니는 교회를 갔다가 우리나라 아니, 세계적인 기독교 지도자 한경직 목사의 시신을 만나는 행운(?)을 가졌다. 그날은 평일이었다. 나는 교회 사무실에서 일을 마치고 마당으로 나왔다. 교회 내 한경직기념관 안에 있는 목사 사택 앞에는 주일날도 아닌데, 교인 열댓 명이 옹기종기 서 있었다. 직감으로 무슨 일이 났는가? 하면서 나는 사택 앞으로 갔다. 그 무렵, 100세 된 목사님이 위중하다는 사실은 알고 있었다.

　그러고 보니 사택 앞에 앰뷸런스도 서 있었다. 자그마하게 울음소리가 나는가 했는데, 들것에 갸름한 보따리 같은 게 새하얀 시트에 덮인 채 실려 나왔다. 처음에 나는 아마 목사님의 손때 묻은 물건을 먼저 앰뷸런스에 싣는 줄 알았다. 시신이라 하기에는 너무 자그마했기에. 뒤이어 침통해하는 목사와 장로들이 따랐다. 그때 누구라 할 것 없이 찬송가 491장 '저 높은 곳을 향하여'를 합창했다. 찬송가 소리를 뒤로 하고 그렇게 자그마해진 한경직 목사님의 시신이 당신이 세우고 키워온 교회를 떠나서 병원 시체안치실로 들어갔다.

올 것이 왔다는 담담함에

생전에 한경직 목사님은 호리호리하고, 보통의 한국 남자보다는 훤칠하니 키가 크신 분이었다. 몸에서 정수精髓가 빠져나간 뒤의 육신은 마치 바람 빠진 타이어 같아진다더니……. 보통 사체는 사망 후 몇 시간 내에 수축되어 거의 본래 크기의 절반으로 줄어든다는 눌랜드 박사 말이 떠올랐다. 자그마해진 목사님 시신이 우리를 더 슬프게 했다.

찰스 램이 영국의 유명한 희극배우 R.W. 엘리스턴의 시신을 보고 남긴 유명한 조문이 있다. "어찌 그리 작아 보이는가, 친구. 우리 역시, 왕이든 황제든 모두 다 마지막 여행을 위해 발가벗겨지겠지."

사람이 죽게 되면, 육신이 수축된다는 것은 알고 있었다. 나는 내 딸이

어렸을 적 갖고 놀던 커다란 애기 인형만 해진 어머니의 시신을 보았다. "사람이 죽으면, 삶을 지탱하는 근본요소도 달아나 버리고 만다. 양초처럼 하얗게 탈색된 시신은 쪼그라져서 형편없이 위축된 물체만이 된다."《우리는 어떻게 죽는가》 천수를 다한 사람의 죽은 후 모습이다. 물론 젊은 사람 중에도 오랜 병고로 시신이 쪼그라져서 가버리기도 하겠지.

시신이 이렇도록, 이렇게나 쪼그라질 만큼 천수를 누린 사람이 가버린 자리에는 가슴이 끊어질듯 애끊는 소위 '단장의 슬픔'은 없다. 할 일 다 끝내고 올 것이 왔다는 담담함이 남은 사람들의 정서다. 길고 긴 노년기와 와병 기간을 지켜보던 가족들이 어떤 면에서는 서로를 진심으로 부담스러워하는 경우가 왕왕 있음도 나는 짚고 가겠다. 그래서 천수를 누린 고령의 부모가 마지막 숨을 거두는 순간 자식들이 홀가분해하는 거, 이거 야속하지만 엄연한 현실이기도 하다. 탄생과 죽음은 닮은꼴이라더니. 탄생의 경우처럼 죽음 후에도 사람들은 때때로 안도감을 느끼는 것도 비슷하지 않은가.

"세상에 슬프지 않은 주검은 없다."고 하지만, 미워하는 사람의 죽음은 기쁘기보다는 시원할 거다. 내가 사랑하지도 미워하지도 않은 사람의 죽음은 기쁘지도 슬프지도 않다. 다만 사랑하는 사람의 죽음만이 슬프다고 강원룡 목사는 말했다.

'초상집이 없어졌다'

그렇다. 요즘 상갓집에 가보면 알 수 있다. 사랑하는 사람이 죽었다는 현실을 직면하지 못하도록 유가족에게 '보호막'을 쳐준 탓인가? 병풍 뒤에 누운 시신을 향한 곡소리를 기대하는 것은 아니지만 아무리 그래두 그렇지, 도무지 슬퍼하는 상주들을 보기 어렵다. 사람들이 세런되어서 그런가. 슬퍼하는 것은 자손 중 비교적 어린 상주들이지, 어른이 된 상주들은 슬퍼하기보다는 각각 자기 쪽 조문객을 맞이하기 바쁘다. 이 방 저 방 혹은 이쪽저쪽 한 무더기의 조객들이 모여 마치 축제의 자리마냥 담소 나누기에 바쁘다. 장례라는 커다란 행사를 치르는 데 정신이 빠져서 그런가, 그 자리에는 슬픔 대신 장례 절차의 집행과 참관만이 있다.

초상집이 없어졌다. 장례는 전문 장의사나 상조회사에 맡겨진다. 죽은 사람에 대한 기억이 아직 선한데, 그들에게 시신과 묘지는 별 의미를 갖지 않는가 보다. 죽은 아들의 시신을 두고 슬퍼하는 어머니의 모습을 그린 미켈란젤로의 피에타Pieta는 하나의 예술작품이지 실제 모자 모습이 아닌 모양이다.

그러고 보면 오늘날의 장례식이란 정서적으로 죽은 사람을 추모하고 남은 사람들의 감정을 새로운 날에 쏟아 붓도록 하던 장례와는 거리가 멀어졌다. 이처럼 장례의 주안공인 죽은 사람이 배제된 장례식 대신 주인공이 아직 살아 있을 그때에 자기가 주인공이 돼서 손수 치른 장례식이 있었다.

담낭암 말기 판정을 받은 내과의 이재락 박사(83세)는 죽은 당사자가 뒤켠에 '찬밥' 신세로 남아 있는 장례는 의미가 없다고 보았다. 살아 있을 적에 더운밥을 같이 하며 인생의 작별인사를 나누고 싶어서 장례 파티를 열고 지인들을 초대했단다.

슬픔의 유효기간

진짜 슬픔은 장례 절차가 모두 끝난 후 홀로 남아 있을 그때, 조용한 가운데 터져 나오기는 한다.

지극히 비과학적인 내 경험에서 하는 말이다. 부모를 떠나보낸 자식들이 슬퍼하는 기간을 나름대로 관찰해 보았다. 어린 사람들이 슬퍼하는 것과 때 이른 죽음에서 오는 슬픔을 얘기하는 건 아니다. 소위 천수를 누린 부모의 죽음과 일가를 이룬 성인들의 슬픔 얘기다. 사랑의 유효기간이 6개월에서 3년 남짓하다는 얘기가 있는데, 슬픔의 유효기간은 더 짧은 거 같다. 민망하다. 슬픔의 유효기간이 석 달 남짓이라고 하면 망발인가? 내 경험과 주위사람 경험을 취합해서 해본 얘기다. 그러니 전혀 과학적이지 않다.

그런데 사랑의 유효기간과 다른 점이 있다. 슬픔은 짧게 가 버렸지만, 마음 속 깊은 곳에 똬리를 틀고 앉아 있는 아련한 슬픔이랄까, 그리운 추억 속에는 유효기간 따위가 끼어들 여지는 없다. 확실한 것은 슬픔에도 유효기간의 차이가 있다. 천수를 다한 부모의 죽음의 유효기간은 이렇게 짧지만, 천수는커녕 꽃봉오리 같은 자식을 앞세운 부모의 애끊는 슬픔에는 유효기간 같은 건 없다.

30년 전, 열세 살 딸을 보낸 내 친구는 세상에서 가장 듣기 싫고 그리고 틀린 말은 '세월이 약'이라는 소리란다. 10여 년 전, 한참 때의 아들을 앞세운 친구는 슬픔에 겨워서인가? 살면서 더러 억지를 부리기도 한다. 그래도 나는 그대로 넘어간다. 그런 엄청난 슬픔을 지닌 친구가 더러 억지를 부린들, 그런 슬픔을 안 겪은 나는 그냥 봐 주는 그것으로 조금 위로를 한 듯해서다.

슬픔에 관한 진짜 과학적인 연구가 있다. 3·11 지진에다 순식간에 덮친 해일로 가족과 재산을 잃은 일본사람들의 슬픔이나 느닷없는 사고 혹은 9·11 테러리스트의 공격과 같은 재앙을 겪은 사람들의 심리

상태를 연구하는 신경과학자와 심리학자들 얘기다. 이들 연구에 따르면, 희생자 대부분이 빠른 속도로 정신적 안정을 되찾는다. 놀라운 사실이다. 마치 용수철이 튀겼다가 제자리로 돌아가듯이 고통과 슬픔에서 빠르게 벗어나 정상적인 상태로 되돌아가는 것 같단다.

슬픔을 극복하는 능력은 유전자가 특별하거나 교육을 많이 받은 사람들만이 보여주는 특성은 아니다. 거의 모든 사람이 본성으로 타고난다는 사실을 이 연구에서 밝혔다. 3분의 1 내지 3분의 2는 트라우마에 시달리지 않는다. 트라우마가 6개월 이후에 나타난 사람은 10퍼센트 미만이었다는 연구결과다.

《슬픔의 다른 얼굴 The other side of Sadness》을 펴낸 심리학자 조지 보내노 컬럼비아대 교수는 이것이 인간의 본성에 가깝다고 했다. 그래서 슬픔을 견디기 위해 인위적으로 노력하는 것이 오히려 해롭다는 주장이다.

내가 관찰한 것만 봐도 슬픔을 숙지하는 깊이와 범위는 나이와 비례한다. 부모상을 당한 가족들을 보면 뚜렷이 구별할 수 있다. 결혼을 해서 일가를 이룬 장성한 자식들의 슬픔은 엷다. 하지만 아직 미혼이나 더 어린 자식들의 슬픔은 단장의 슬픔이란 단어가 떠오를 만하다. 하지만 인간의 마음은 상처를 감싸 흠이 없고 강건한 상태로 만들어 주는 독특한 메커니즘을 갖고 있다고 눌랜드 박사도 말하고 있다.

남은 사람들이 슬퍼하는 고통을 생각하면, 남은 사람들의 슬픔을 엷게 해준다는 천수를 다한 죽음이 좋겠다는 게 내 결론이다.

"아들이 죽었는데 슬퍼하지 않으면 사람이 아니다. 그러나 생사가 둘이 아니라는 것을 깨달아야 진짜 슬퍼하는 것이요, 죽은 사람을 진정으로 애두하는 것이다."순나라 데헤스님의 시집黑씨에서

안락사를 거침없이 시행하는 듯이 보이는,《죽음과 함께 춤을》의 저자이자 의사인 베르트 케이제르는 고백하고 있다. 아무리 죽음이 삶 속에 일어나는 사건이라지만, 무덤가에 서 있다 보면 "인생에 있어서 더 큰 괴로움 중에 하나는 다른 사람들이 죽는 것"이라고 말한다.

인도 잠언에 "네가 이 세상에 태어날 때 너는 울고, 네 주위 사람은 모두 기뻐했다. 네가 이 세상을 떠날 때는 모든 사람들이 울고, 너 혼자 웃도록 해라." 태어날 때 부모는 내 옆에 있었지만, 그 부모가 죽을 때는 자식이 옆에 있는 게 자연의 순리란다. 순리에 따라서 나도 자식들의 배웅을 받아가며 떠나가는 죽음을 원한다.

유쾌한
장례식

"죽음을 계획하지 않았다는 것은 자기 손으로 자신의 인생을 제대로 경영하지 못했다는 것과 같다. 죽음은 삶의 마지막이면서 삶의 절정이다. 죽음은 인생의 무상한 끝이 아니라 삶을 완성하는 것이다." 변우혁, 《수목장》

남겨진 자의 몫

들쭉날쭉한 게 요즘 우리의 죽음 문화다. 이를 정립하는 것이 필요하다. 이것이야말로 진짜 '죽음 준비'다. 한 쪽에서는 이렁저렁 살고 있는가 하면, 한 쪽에서는 죽음 준비를 하다하다 못해 IT시대다운 준비까

나 먼저 하직할 것 같은데
혼자 남는 것 싫다고
당신 먼저 갔으면 좋겠다니
뜻대로 되는 건 아니지만
내가 당신 염을 하게 되다면

당신 눈 쓸어 감기고
턱 고여 입 다물게 하고
당신 몸 꼭꼭 주물러
가지런히 펼게
젊은 날에 만나
운우지정雲雨之情 나누던 몸
마지막으로 말갛게 씻길게

단아한 당신 몸에
함께 준비한 수의
곱게 입힐게

면사포 살며시 벗긴 그 손
매장포埋葬布 든든히 감아
지금地衾 깔고 천금天衾 덮어
당신 편히 누일게

당신이 끔찍이 아끼는 아이들
죽 둘러서서 먼 길 떠나는 당신
다 같이 환송할게
그러나 내가 당신을 앞서면
이 모든 것
당신이 내게 해줄 수 있도록
당신 늘 건강하면 좋겠네.

_민영진, '염殮'

지 해 둔다고 한다. 일테면, "당신이 죽었을 때 사이버 공간에서 할 일들"이라든지 "디지털 사후세계"라든지 하는. 과연 IT시대다운 죽음 준비다. 이 같은 준비는 마치 평화 시에 국방을 튼튼히 해놔야 전쟁이 나도 겁날 게 없는 그것과 같다. 철저한 대비는 철저한 자유를 준다.

시신 기증은 죽은 자가 산 자를 돕는 셈이다. 몸이 없다면 반쪽 의학교육밖에 안 된다니까. 그래서 우리 부부도 벌써 10여 년 선쯤인가, 우리 죽은 다음에 시신을 기증하려고 했더니 자식의 동의가 필요하단다. 그런데 뜻밖에도 내 아들이 부모의 시신 기증에 동의하지 않겠단다. 평소에 내가 생각해 온대로 나 죽은 후에 모든 일은 남은 자들의 몫이지, 내가 관여할 일이 아니라는 생각에 시신 기증 생각을 접었다.

10여 년이 흐른 지금의 내 생각은 어떨까. 아들의 동의 여부를 떠나서 시신을 기증할 생각을 접었다. 시신 기증의 현장을 들여다봤더니, 여기서도 양극화가 있었다. 서울의 대형병원에는 시신이 넘쳐나고, 지방 연구기관에는 부족하단다. 가뜩이나 공공의 큰 생각이 부족한 나로서는 부모의 시신을 지방까지 실어보내는 번거로움을 애들에게 지워줄 생각이 없기 때문이다.

지난 가을, 불쌍한 내 친구의 시신이 대학병원에 기증됐다. 하지만 해부수업이 없는 방학 기간이어서 개학 때까지 시신은 냉동실에 누워 있었다.

유머가 넘치는 모임이면 좋겠어

장례식, 그것 역시 남은 자들의 몫이다. 하지만 남은 자들에게 내가 바라는 어느 한 부분을 얘기해줄 수는 있겠다. 언젠가 어느 TV프로에서 가수 조영남은 자기 죽은 후에 아무런 예식 같은 걸 바라지 않는다고 얘기하는 것을 봤다. 늘 일찌거니 죽기를 바라는 내 언니도 장례식 따위를 무시하겠다는 생각을 가지고 있다.

내 경우 사회생활을 하는 세 아이들의 생각에 따라 그리고 내가 40여 년을 다닌 교회예식에 따라 장례가 치러질 것을 예감할 수는 있겠다. 바로 요 지점에서 내가 바라는 바를 얘기할 수는 있겠지.

대개의 장례식은 각자의 종교의식 가운데서 장중하고 엄숙하게 치러지고 있다. 하지만 내가 바라는 바는 엄숙함, 장중함보다는 더 자유롭고 자연스러운 나머지 유머가 넘치기까지 한 '모임'이었으면 좋겠다. 장례식이라는 이름의 모임보다는 그냥 그런 '모임'이 됐으면 좋겠다.

더구나 지금 이 글을 쓰고 있는 내 나이가 한국나이로 일흔다섯이다. 앞으로 얼마를 더 살지는 모르겠지만, 아마도 내 죽음은 애절초절

해 마지않는 애상哀喪이 아닐 것이다. 그러니 뭐 그리 안타까워 마지않을 애도와 평소의 나와는 어울리지도 않는 장중함으로 치장하지 않아도 될 것이다.

얼마 전에 돌아가신 온누리교회의 하영조 목사 장례식을 전해 들었다. 수많은 교인들의 애도 속에 치러진 장례지만, 집례하는 목사님의 유머에 몇 번이나 폭소가 터졌단다. 듣기에 바람직한 장면이었던 듯하다.

조금은 서늘한 장례풍속이 앞으로 늘어날 것 같은 찐한 예감이 든다. 얼마 전 3000원을 통장에 남겨 놓고 죽은 부부의 사연을 계기로 소위 무연고 사망자의 직장直葬이 이슈가 되고 있다. 친인척을 비롯해서 아무런 연고자가 없는 사람이 죽은 경우, 아무런 장례 절차 없이 곧바로 화장하는 것을 직장이라고 한다. 핵가족과 고령화가 동시에 이루어지던 일본에서는 이미 많이 일어났고, 우리나라에서도 그 숫자가 해마다 늘고 있단다.

외국의 예로 얘기를 돌려 보자. 64세 된 영국의 린다 캐럴라인 라이언의 장례식 얘기가 재미있다. 런던 근교에 있는 파크 사이드 공동묘지에서 펑키음악이 울려 퍼지는 장례식이 열렸다. 조객들과 친구 할머니들이 어깨를 들썩이는 가운데 아들 줄리안은 엄마에게 바치는 노래라며 자신이 가장 좋아하는 힙합음악을 틀었다. 속히 자연으로 돌아가고 싶다는 린다의 마음을 헤아려서 하얀색 종이 패널로 된 관을 썼다. 이 모든 절차는 폐암으로 죽기 2주 전, 좋아하던 음악을 틀어 장례식에 온 친구들과 함께 하고 싶다는 고인의 뜻에 따른 것이란다.

영국뿐 아니라 호주의 장례식도 축제마당을 방불케 하는 경우가 많다. 호주 사람들은 죽음을 또 다른 삶의 출발로 여기기 때문에 짧은 종교의식 후에는 슬픔을 억누르고 축제를 벌인다. 죽음과 장례절차란 부활을 위한 예비조건으로 여기기 때문이다. 호주 장례식장에서 가장 많이 낭송되는 시가 우리에게도 익숙한 〈천 개의 바람이 되어(Do not stand at my grave and weep)〉다.

그 뿐이랴, 미국의 대통령 제럴드 포드나 로널드 레이건의 장례식에서도 아버지 부시의 조사에서 폭소가 터졌고, 생전의 레이건 유머 소개로 웃음바다가 됐다. 우리의 자랑인 백남준의 장례에는 1960년 존 케이지와 넥타이를 자르던 퍼포먼스를 패러디해서 조문객 400명이 자기 넥타이를 잘라 관에 넣었다.

이와 같이 독특하고 간소한 장례식도 좋고, 종이 패널로 된 관을 쓰는 것도 좋겠다. 언젠가 우리나라에도 종이관을 만드는 사람을 본 적이 있다. 아무튼 종이 패널로 된 관이 내 맘에 꽤 든다. 재미있는 장례

라고 생각되지만, 엄밀히 말해서 내가 죽은 후는 내 일이 아니라 남아
있는 사람들의 몫이라 생각하니까 이만해 둔다.

　이 글을 쓴 후, 한참 만에 중국의 현자 양주楊朱가 나와 같은 생각을
했다는 글을 보고 반가웠다. "죽은 후의 것은 나와 아무 관계가 없다.
화장도 좋고, 땅 속에 묻혀도 좋고, 땅 위에 버려져도 좋다."

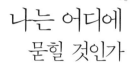

나는 어디에
묻힐 것인가

남한을 걸어서 종주한 한비야의 글에서 본 얘기다. 아름다운 산이 눈 앞에 보여서 그 산을 바라보며 걷다 보면, 어김없이 산의 5부 능선쯤 에는 기계충 먹은 아이 머리마냥(옛날엔 우리나라에도 영양실조로 이런 아이들이 꽤 있었다) 깎인 자리에 묘지들이 자리 잡고 있더란다. 그도 그럴 것이 2009년 보건복지가족부 자료에 의하면, 7년간 묘지 면적은 약 1278만 평으로 늘어났고 이는 여의도 면적의 5배나 된다니, 놀랍 다. 전국의 분묘 수는 2000만여 개로 추정되며 이 분묘가 차지하는 면 적은 서울특별시 면적의 1.6배란다.

수명을 다한 매장, 장지는 포화상태다

불과 한 세대 아니, 지금도 우리네 많은 사람 혹은 가족들은 죽은 뒤의 묏자리를 미리 장만해 두고 흐뭇해하고 있다.

내 아버지만 해도 종중산 근처에다 당신 직계 가족들만의 오붓한 신후지지身後之地를 미련히 있다. 그러면 뭐 하나, 이 급변하는 세상에서 당신의 아내마저도 묻힐 새가 없이 파헤쳐졌다. 교통도 불편한 충남 홍성군 삽교면 목리라는 오지임에도 불구하고 우리 집안의 신후지지를 지킬 수 없었다. 국가사업의 일환으로 세종시의 무슨 청사가 들어온다는 데야 속수무책이었다.

매장이란 인류 역사에서 가장 오래된 장묘법이라지만, 20세기 이후 폭발하는 인구를 감안해 볼 때, 보통 매장을 하는 장묘법 역시 수명이 다한 시대가 되어 가고 있다.

참, 사람들이란 인류의 길고 긴 흐름이나 역사를 짧게 봐도 유분수지 그깟 산중턱 좋은 자리에 묘지, 묘석, 묘비 정도 호화로이 세운들 몇 대 몇 십 년이나 갈까 하는 생각을 하지 못하나 보다. 더욱이 요즘처럼 세계 삼지 사방에 흩어져 사는 노마드 시대에 묘지 대접을 제대로 할 만한 처지에 있을 자손들이 얼마나 될는지.

브라질의 리골레토 묘원마냥 산 자들에게 피해를 주면서도 호화롭게 버티고 있는 묘지는 뭐 하자는 건지……. 이집트처럼 산 자들은 살 곳이 비좁아도 피라미드 묘지를 광대하게 만들어 세계의 관광객을 끌어들여 국가 재정에 도움이 된다면 모를까.

일찍이 공병우 박사는 내가 죽어서 쓸 땅 한 조각이라도 있다면 거기에 콩 한 톨이라도 심어서 유용하게 쓰라고 하셨다. "내가 죽으면 묘지를 쓰지 말고 나무 한 그루라도 더 심어라." 2002년 4월에 돌아가신 천리포 수목원 설립자 민병갈 씨. 그이에게 10년 만에 충남 태안군 소원면 의향리 현지에서 수목장을 해드렸단다.

땅의 쓰임보다 더 심각한 것은 지금처럼 공원묘지를 조성하고 납골당을 세우기 위해 산을 깎아내리고 나무를 베다가는 가까운 미래에 다가올 '물 전쟁'에서 무사할 수 없을 거라고 이정옥 씨는 경고하고 있다.《반만 버려도 행복하다》

그럼, 어떤 장묘법이 좋을까. 세상에는 보기 좋고 기념되는 장묘가 많다. 파리의 몽파르나스 묘지나 페르 라세즈 묘지처럼 세계의 지성과 예술인들이 줄줄이 묻혀 있는 묘지는 아름답기까지 해서 파리 관광에서 빼놓을 수 없는 곳이 되었다. 파리 한가운데(라텡 지구) 웅장하게 버티고 있는 판테옹 지하에는 인류에 기여한 유명인들의 묘지가 사람들

세상에는 보기 좋고 기념되는 장묘가 많다.
파리의 몽파르나스 묘지나 페르 라세즈 묘지처럼
세계의 지성과 예술인들이 줄줄이 묻혀 있는 묘지는
아름답기까지 해서 파리 관광에서
빼놓을 수 없는 곳이 되었다.

의 발길을 그쪽으로 돌려놓는다. 워싱턴에는 케네디 묘소가 있는 알링턴 국립묘지도 있다. 세상 근심 걱정 잊어버리게 해준다는 이름의 우리나라 망우리忘憂里 묘소에는 요리 돌고 조리만 돌아도 우리 모두 아는 유명인들의 묘소가 있다.

아무리 아름답고 아무리 의미가 충만해도 21세기처럼 인구가 폭발하는 세상에 이러한 장묘는 역시 구시대적이다. 어느 나라고 장지의 포화 상태를 견딜 재간이 없을 것이다.

요즘처럼 고령화 현상이 가파르게 진행되고 있다가 2010년 기준으로 25만 명이던 사망자 수가 2035년에는 50만 명, 2075년에는 약 75만 명으로 급증할 것이란다. 이는 2011년 이후 누적 사망자 수가 40년간 1896만 명, 이는 지난 40년간 1000만 명의 갑절에 가깝게 된단다통계청 장래 인구추계자료 2010년. 이런 추세라면 장례비용(평균 1200만 원)도 최대 690조 원에 이를 것이라 한다.

급증하는 사망자 수와 비례해서 화장장이나 장지 대란이 일어날 수도 있다는 것이다. 땅이 좁디좁은 우리나라에서 나온 대안이 화장이다. 한 재벌회장이 화장하라는 유지는 우리 사회의 동의를 얻어 지금은 70퍼센트가 넘는 화장률을 보이고 있다. 그 유명한 퇴계 선생의 종손도 시속을 따라 화장하기로 한다는 데야 이를 말이 있으랴.

문제는 화장한 후의 유골 처리 문제다. 조선시대 이전에는 유골을 사리탑에 두었다. 한때는 납골당봉안당의 정식 명칭이다. 납골당이란 용어는 일제의 잔재다이 대세였다. 납골당이라는 이름으로 마치 거대한 찬장 모양 칸칸이 각종 항아리에 유골을 보관한다. 그러나 남김없이 자연으로 돌아가자는 취지에서 벗어난 그 점 때문에 나로서는 동의하기 어려운 곳이다. 아닌 게 아니라 김열규 교수는 "죽은 자들의 간이 아파트"라고 했다. 토장만도 못하다. 토장은 긴 세월 후에 자연으로 돌아가지만 석물은 영원하다.

다양하고 기발한 장묘법

가히 21세기적인 장묘법이 대안으로 나오는데, 그 다양함과 기발함이라니. 먼저 해양장이 있다. 문자 그대로 바다나 강물에 시신을 넣는 것을 말한다. 사살당한 오사마 빈 라덴을 부득이 아라비아바다에 수장한 예는 특수한 경우다. 보통은 항해 중에 시신을 후송할 수 없는 경우에만 수장水葬할 수 있는 법이 우리나라에도 있다(선원법 17조). 율법이 까다로운 이슬람도 바다에서 죽은 시신이 부패하기 전에 무거운 추를 달아 빠뜨린단다. 영국 성공회는 해군 출신이 사망하면 화장한 후

바다장례를 치른다. 호주는 '바다와 깊은 관계를 맺었던' 인물에 한해 시신을 직접 바다에 장사지낼 수도 있다.

우리네 TV드라마에서는 유골을 강이나 바다에 뿌리던데, 이도 수질 오염 때문에 불법이란다. 하지만 뼛가루를 바다에 뿌리는 장례를 못하게 막는 나라는 거의 없다. 그러더니 지난해 6월 "화장한 유골을 바다에 뿌리는 행위가 해양환경관리법상 해양투기 규정을 적용받지 않는다."라는 기사가 나왔다. 한국해양연구원도 해양 환경에 악영향을 끼칠 가능성은 극히 희박하다고 했다. 바다장례가 불법이 아님을 확인시켜 준 셈이다. 그동안에도 인천 앞바다에서는 900건 가까운 바다장례식이 있어 왔단다.

그 기사가 나기 전 교회 구역모임이 있었다. 모임에 잘 안 나오던 한 부인이 그날은 곱게 단장하고 참석했다. 그 부인은 작심한 듯 목사님에게 당신은 남은 생명 가운데 딱 반만 살겠다고 한다. 이어서 자기는 아무에게 보이기도 싫어서 혼자 죽고 당신 뼛가루도 먼 바다에 뿌려달라고 하겠다는 것이다. 이때 경솔하게도 나는 바다에 뼛가루를 뿌리는 것은 '불법'이라고 아는 체를 했다. 이 부인은 내 말을 들은 체도 않고 배를 빌려 깊은 바다로 가서 당신의 뼛가루를 뿌리게 하겠다고 했다. 하루 빨리 나는 그 부인을 만나서 바다에 뼛가루를 뿌려도 합법임을 알려줄 의무가 생겼다.

빙장은 시신을 영하 196도로 얼려서 가루로 만드는 것을 말한다. 나중에 일산화탄소와 질소로만 남는다는 냉동장이 가능해진다면 요즘 문제가 되는 화장장의 문제가 해결될 것이다. 하지만 지금으로서는 요원한 얘기 같다. 땅이 좁으니 티베트에서 시행한다는 조장鳥葬처럼 새가 쪼아 먹도록 시신을 방치하는 것은 불가능할 테고……. 이런 상례들은 현실적으로 그렇다.

지난해 11월 신문기사에 의하면, 우리나라에도 자연장이 허용된 모양이다. 자연장이란 화장한 유골의 유분骨粉을 나무, 화초, 잔디 등의 밑이나 주변에 묻어 장사지내는 방식을 말한다. 나무 밑에 묻는 수목장, 꽃나무 밑에 묻는 화초장, 잔디 밑에 묻는 잔디장도 있다. 영국 사람들의 정원 가꾸기는 유명한데, 그 중에는 그들이 좋아하는 나무(특히 장미나무) 밑에 사랑하는 사람의 골분을 묻어 두기도 한단다. 우리나라의 유명 탤런트 부부가 자기 집 마당에 어머니의 골분을 묻었다는 얘기도 들었다. 언젠가 골분을 담아둘 수 있는 조각품을 전시하는 전시회 유리지,《아름다운 삶의 한 형식》 2002.2. 갤러리현대도 봤다. 골분을 담을 수 있는 항아리는 가히 예술품이었다. 실제로 외국서는 골분을 담은 조각품을 장식용으로 집안에 두기도 한단다.

대안은 수목장이다

마지막 대안으로, 흙에서 왔다가 흙으로 간다는 창세기 말씀대로 철저히 자연으로 돌아가는 것이 정답이지 않을까. 나무의 밑거름이 된 죽은 자를 추모하는 그 장소가, 진정 산 자를 위한 공원이 된다면 이보다 더 좋을 수는 없을 것이다.(죽어가는 자의 고독) 그렇게 되기 위하여서는 수목장이 제격일 듯싶다.

우리 다 아는 바대로 수목장이란 화장한 유골을 나무밑에 심는 것이다. 보통은 유골을 나무상자나 종이에 싸서 한 나무 밑에 묻는다. 표지도 지극히 간단하게 만들어 나무에 달아놓는 정도다. 우리나라에서 최초로 알려진 수목장의 예는 고려대 교수였던 김장수 씨였다.

나는 내 어머니를 수목장으로 모셨다. 내가 다니는 교회는 묘지를 따로 갖고 있다. 이 교회묘지는 어느 장로님이 기증한 수십만 평의 산야에 조성되어 있다. 그 교회 교인이면 묘지를 쓸 수 있는 자격이 있다. 하지만 난 목사님의 권고에 따라서 묘지를 사양했다. 그리고 수목장을 택했다. 교회는 "살아 천 년 죽어 천 년"이란 말이 있는 주목동산을 나지막한 산등성이에 조성해 놓고 있었다. 내 어머니는 이 동산에 세 번째 주목에 수목장을 한 분이 되었다.

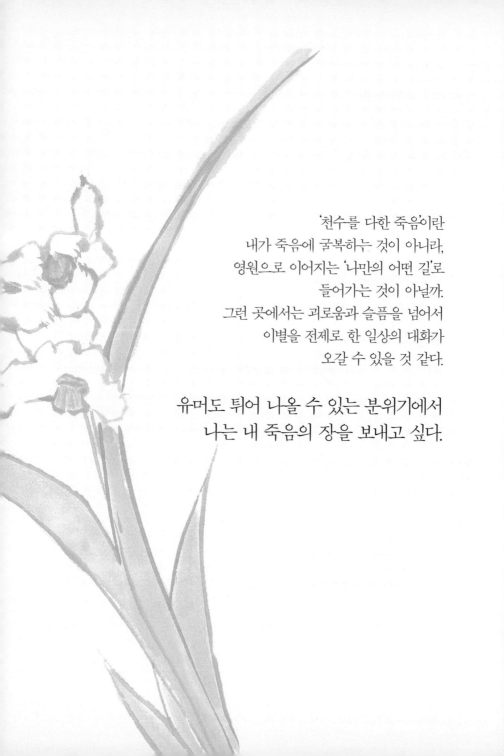

'천수를 다한 죽음'이란
내가 죽음에 굴복하는 것이 아니라,
영원으로 이어지는 '나만의 어떤 길'로
들어가는 것이 아닐까.
그런 곳에서는 괴로움과 슬픔을 넘어서
이별을 전제로 한 일상의 대화가
오갈 수 있을 것 같다.

유머도 튀어 나올 수 있는 분위기에서
나는 내 죽음의 장을 보내고 싶다.

그랬더니 3번 나무에 계신 것만 알라고 했다.

　몇 년이 흐른 지금, 내 어머니의 3번 주목나무를 찾아가면 그새 주목동산에 많은 사람이 와 있는 걸 본다. 청개구리 심보를 지닌 사람들은 기를 쓰고 알록달록 요런조런 표시들을 나무에다 해 놓았다. 나는 안다. 어느 날 묘지 관리인이 다 치워 버릴 것임을. 아닌 게 아니라 주목동산에서 바라보는 앞뒤산은 첩첩 산중 푸른 나무로 둘러싸여 있다. 그 가운데 알록달록한 표지들은 웅대한 짙푸른 자연에 어울리지 않는 인조물이긴 했다.

　그러니까 내 어머니는 비록 3번 나무에 묻혔지만, 3번 나무는 어머니만의 나무는 아니었다. 요 다음, 나도 내 자식들만도 묻히게 되는 나무가 아니라 우리 교회 교인이라면 누구나 차례대로 찾아와 안식할 곳이었다. 거기서는 세상의 인적 연관이 없다.

　이런 정신을 더 철저히 지키는 교회도 있고, 또 그런 장소도 있는 줄 안다. 강남의 한 교회도 넓은 산골장을 조성해 놓고, 그 교회 교인이라면 누구나 할 것 없이 그곳에 유골을 뿌리고 있다고 한다. 화장장 근처에도 누구나 쓸 수 있는 산골장이 있고, 공동묘지 안에는 집단 산골장이 있다고 한다.

　그런데 여기에도 벌써 상업적인 마인드로 수목림이 조성된다는 얘기가 떠돈다. 나무 하나에 수백만 원을 호가하고 있단다. 물론 여유 있는 분이나 최초로 수목장을 한 나무학자 김장수 교수처럼 당신이 연구하던 수목원에 한 나무를 정해서 'xxx 나무'라고 명명하는 데에 뭐라고 할 사람은 없다.

2009년 국내 첫 국유 수목장이 양평에 있는 하늘숲 추모원이다. 현재 800여 그루 나무 주변에 1400여 위의 유골이 안치되어 있고, 10×15센티미터 크기의 명패가 매달려 있다.

내 좁은 소견에서 나온 생각인데, 나무 하나에 한 사람 아니면 한 가족이 묻히는 경우다. 가뜩이나 좁은 우리나라 산야의 나무마다 소유권이 있게 되고, 나무마다 유골이 묻힌다면 어떻게 될까. 초창기에 수목장에 대한 규범이 정해져야 할 거라는 게 내 생각이다. 그렇지 않아도 보건복지가족부가 '장사정보종합시스템'을 마련한다는데 그 운영이 어찌 되어 가는지. 그렇지 않고 있다가는 독일이나 스위스처럼 광대한 숲도 없는 우리나라에서 숲과 나무가 고생할까 봐 그런다.

스위스에서 자연 그대로의 수목을 관리하는 방식도 사진으로 보았지만, 아름다웠다. 살아생전에도 꽃을 가꾸기 좋아하는 영국인들은 자연장이라 해서 추모공원 안에서 유골을 묻기도 하지만, 장미정원 방식도 나는 좋다고 생각한다. 심지어 자기 집 정원의 장미나무 밑에 유골을 묻고 추모하는 그것도 좋아 보인다.

광대한 숲을 가진 독일에서는 GPS위성위치 확인시스템을 설치하고 안내판을 설치하여 체계적이고 과학적으로 수목원을 관리한다. 스웨덴은 화장과 산골장이 유명하다. 유네스코에서 세계문화유산으로 지정된 스콕스시르코고덴묘지는 산골을 유족이 알아보지 못하게 한다는데, 그 익명성이 쿨해서 좋다. 탄생목, 추모목(독일서는 미리 구입)과 공동 추모목도 있다. 여기에 분해성 유골함은 필수다.

예부터 신수사상神樹思想 즉 자연을 존경하고 자신을 낮추며 또한 나무를 친근히 여기고 아끼는 사상이 있어 왔다. 불과 한 세대 전만 해도 우리네 시골 마을 어귀에 서있는 당산나무가 마을의 길흉화복을 주관한다고 믿었다. 당산나무를 신수神樹 혹은 신목神木이라 해서 농경문화의 대들보 역할을 했다. 이처럼 나무를 신주같이 모시던 우리네 조상들 모습이 생생하다. 성경에서도 생명나무가 우주의 기원과 삶의 근원을 상징하고 있다.

수목장이야말로 친환경적이다. 몇 해 전, 폭우로 공원 묫자리가 떠내려간 일이 있었던 걸 기억한다. 수목장이야말로 일어날지도 모를 모든 위해를 자연히 해결해줄 거다. 수목장이야말로 폭발하는 인구와 미래 세대에까지 장묘 수요를 해결하는 지속가능한 장법이 될 것이다. 지구를 위하여 죽음은 이처럼 존재해야 한다.

내가 좋아하는 "나 지금 일어나 가려네, 가려네 이니스프리로"로 시작하는 예츠의 시를 패러디해서 "나 지금 일어나 가려네, 가려네, 내 엄마 아버지 묻힌 주목동산으로. 거기 수목동산 3번 주목나무 밑으로 나 돌아가리. …… 거기서 평화를 누리려네. 평화는 천천히 물방울 같이 떨어지리니　　니 일어나 지금 가려네. 밤이고 낮이고 …… 내 가슴 깊이 그 소리를 듣나니"

그렇다. 내가 돌아갈 '이니스프리'는 내가 다니는 교회 수목동산 3번 주목나무 밑이다. 거기는 이미 내 어머니와 아버지가 가 계시는 나의 '이니스프리'다.

나 지금 일어나 가려네, 가려네, 이니스프리로
거기 싸리와 진흙으로 오막살이를 짓고
아홉 이랑 콩밭과 꿀벌통 하나
그리고 벌들이 윙윙거리는 속에서 나 혼자 살려네

그리고 거기서 평화를 누리려네.
평화는 천천히 물방울같이 떨어지리니
어스름 새벽부터 귀뚜라미 우는 밤까지 떨어지리니
한밤중은 훤하고 낮은 보랏빛
그리고 저녁때는 홍방울새들의 날개 소리

나 일어나 지금 가려네, 밤이고 낮이고
호수의 물이 기슭을 핥는 낮은 소리를 나는 듣나니
길에 서 있을 때나 회색빛 포도鋪道 위에서
내 가슴 깊이 그 소리를 듣나니

_예이츠, '이니스프리 섬'

오소서, 나의 죽음이여,
내가 흔쾌히 그대를 맞이하오리다

불과 몇 십 년 전, 그러니까 우리나라로 치면, 농경시대를 거쳐 산업화시대 때만 해도 사람들이 죽음을 이처럼 까마득히 여기지는 않았던 것 같다. 더구나 나이가 예순이 지나 일흔이나 여든에 이르면 마땅히 죽을 나이가 됐다고 생각했다. 실제로도 죽음에 대비했다.

오늘날 '성의 터부'가 거침없이 까발려지듯이 '죽음의 터부'도 공론의 탁상에 올려놔야 하지 않을까. "죽음의 공적 영광을 되돌려 주어야 하며, 죽은 사람에 대한 애도의 타당성을 회복해야 한다." G.고러는 말대로 나는 삶을 얘기하면, 죽어가는 사람의 슬픔과 고통도 함께 얘기해야 공평하다고 생각한다. 떠나간 자는 남겨진 자를 존재케 한다. 남겨

질 그들도 공론의 장에 올려놓아야 한다. 그래서 올바른 슬픔 견디기도 함께 공론의 장에 나와야 하리라.

60대는 그렇다 치고 7, 80대도 죽음을 논하기조차 꺼려한다. 죽음은 터부다. 여기서 아이러니한 현상은 노년들은 아직 자신들의 죽음을 생각지도 않고 말하려고 하지도 않는데, 젊은 자식 세대들은 벌써 자기 부모 세대들의 죽음이 임박했음을 논하고 있다. 그래서 죽어갈 사람의 고독은 그들과의 그러니까 젊은 저들과의 때 이른(?) 암묵적 분리가 생기는 것 같다고 나는 토로하지 않았던가.

죽음을 음미하는 얘기로 소설을 쓰고 있는 구효서란 작가가 있다. 《시계가 걸렸던 자리》란 소설을 보면, 죽음을 앞둔 주인공이 자기 생이 언제 몇 시부터 시작해서 언제 몇 시에 끝날까를 추이하면서 죽음을 명상하는 장면이 나온다. 이처럼 우리 인간은 탄생에서 죽음에 이르는 각자의 시간을 갖는다.

그래도 글쎄 '죽음의 시간'은 아무도 모른다니까 몇 살이 죽을 나이라고 규정지을 수는 없다. 그래도 어느 나이(?)가 되면, '나의 죽음'을 구체적으로 받아들이는 게 순리가 아닐까. 우리 노년 아니, 젊은이들까지도 평화로운 '지금', 죽음이 아직 멀리(?) 있는 것 같은 '지금'이 죽음을 받아들이기에 적절한 시기가 아닐까.

이처럼 75세가 지난 나의 나이와 더불어 지난 20여 년간 "나만의 죽음 기술"을 익히는 동안, 나는 어느 정도 죽음의 예고 시간을 거친 셈인가 보다. "느지막이 그러나 또한 적절한 때에 삶을 놓아주는" 기술을 터득하라고 말한 내도 밀이다.

지난해 4월 창경궁에 들어서자마자 바로 무리지어 있는 10여 그루의 매화나무에서 만개한 매화꽃을 보았다. 불과 일주일 전에 갔을 때만 해도 매화꽃 봉우리가 어찌나 통통히 불거졌는지 곧바로 터질 듯 했는데, 일주일도 안 된 그 사이에 매화꽃은 흐드러지게 피어 있었다.

창경궁 근처에 사는 나는 봄이 오는 기색이 보이면, 창경궁의 매화나무를 보러 간다. 봉우리를 맺고, 꽃을 피우는 그 어간과 마침내 만개한 매화꽃을 눈으로 감상하고, 은은한 향기를 코로 흠흠하는 그 재미가 쏠쏠하다.

어울리지 않지만, 나는 이 매화꽃들을 볼 수 있는 시간과 볼 수 없는 시간으로 내 죽음을 가늠해 본다. 내년, 아직은 쌀쌀한 기운이 감도는 그 봄에도 나는 이 매화꽃 봉우리와 만개한 꽃을 볼 수 있을까? 이런 불확실성이 나로 하여금 매화 감상에 매진(?)하게 하는가 보다.

몇 년 전, 한 20여 일 외국여행을 하고 돌아와 보니 그 사이, 창경궁 매화꽃들이 흔적도 없이 다 졌다. 그때의 서운함이라니!

해마다 때맞추어 나를 맞이해 주는 매화꽃은 내가 아직은 즐기고 감상하는 삶을 살고 있음을 일깨워 주고 있는 단서다. 이런 현상들은 죽음을 막연히가 아니라 구체적으로 인식하고 난 후에 일어났다. 내일이 불확실한 지금, 나는 이 '지금'을 소중하게 소진하려 하고 있다. 죽음을 가까이 하고 죽음을 받아들이고자 한 후에 일어난 현상이다. 죽음이 나의 삶을 바꿔놓고 있다.

죽음을 받아들이고 난 후부터 나는 내 생전, 그 어느 때보다 지금 밀도 있게 살아가고 있다. 그리고 내 생전, 그 어느 때보다 모든 것에 고마워하게 되었다. 그리고 내 생전, 그 어느 때보다 스캇 펙의 말대로 "자기 발전"을 가속화하고 있다. 내 생전, 그 어느 때보다 지금의 삶이 다이내믹하다.

지금 75세인 나는 기억력의 지속시간, 시각의 작동시간, 다시 말해 독서를 할 수 있는 시간 그리고 사고가 작동하는 시간이 이미 엄청 짧아졌다. 아깝다는 생각도 없이 흘려보낸 세월이 아쉽지만, 나는 별 수 없이 받아들여야 했다. 퇴화해가고 남은 내 몸의 기능들이 갑자기 아깝고 귀중한 보물 같아졌다. 가루 늦게 나는 읽지 못할 그날들에 내가 아주 갇혀버리기 전에, 하고 많은 읽을거리들로 내 머리맡을 장식하고 있다. 전에는 무심코 흘려보낸 것들을 될 수 있는 대로 많이 알고, 많이 보고 싶어졌다.

내 딴에 그리 살자니, 나는 늘 시간이 아깝고, 나는 늘 바쁘다! 나는 다 늙어서 "바쁘다"라는 말을 입에 달고 산다. 주위에서 어이없어 하건 말건 나는 오불관언, 나는 내가 바쁜 건 바쁘다는 데야…….

이처럼 나는 죽음을 받아드린 후에야 비로소 철이 든 모양이다. 적어도 "네가 죽는다는 것을 기억하라(memento mori)."를 "꺼진 불도 다시 한 번" 같은 구호 정도로 흘려보내지는 않게 되었다. 죽음을 같이 생각하면서 삶을 그리고 일상을 누리다가 어느 날 찾아올 나의 죽음에게 나는 "오소서, 내가 그대를 흔연히 맞이하오리다."라고 해야겠다.

지난 봄날, 마을버스를 기다리며 서 있는 늙은 내게 어느 중년 여인이 걸어오면서 "아유, 참 아름다우세요."라고 한다. 웬 당치않은 소리?

하다가 즉각 나는 그 여인이 아름답다고 감탄한 이유를 알아챘다. 늘어진 벚꽃나무들 무리에서 벚꽃들이 그야말로 쏟아지는데 지는 꽃비를 맞으며 홀로 서 있는 사람은 늙었거나, 젊었거나 간에 아름다웠으리라.

나의 죽음도 꽃비 뿌리듯 지는 벚꽃이나 매화꽃처럼 흔적도 없이 빠르게 흩뿌리듯 지고 싶다. 여름 내내 죽어서도 가지에 달려 있는 꽃처럼 매달려 있지 말고, 붉은 해당화나 목련처럼 대지에 흔적을 남기지 않고, 벚꽃처럼 매화처럼 흩뿌리듯 흔적 없이 사라지고 싶다.

홍윤숙 시인은 이렇게 말했다.

태양과 죽음은 직시直視할 수 없다는데
삶과 죽음 사이
걸어 놓은 목숨의 다리
그 다리 한복판에 서서
나는 왜 날마다
볼 수 없는 태양 보려 하고
죽어가는 목숨 애태우는가

이제 남은 시간 얼마나 되는지

길어도 그만 짧아도 그만

죽음 그게 뭐라고

날마다 내 마음 쥐고 흔드는가.

_시 '삶과 죽음 사이'의 일부분

참고
자료

강영계, 《죽음학 강의》, 새문사, 2012
구효서, 《시계가 걸렸던 자리》, 창비, 2005
김균진, 《죽음의 신학》, 대한기독교서회, 2007
김동건, 《빛, 색깔, 공기:우리가 죽음을 대할 때》, 홍성사, 2006
김열규, 《메멘토 모리, 죽음을 기억하라》, 초록배매직스, 2001
김형경, 《좋은 이별》, 푸른숲, 2009
나형수, 《마지막 마음, 어느 죽음의 성찰》, 경천, 2012
능행스님, 《이 순간》, 휴, 2010
맹난자, 《인생은 아름다워라─영혼의 순례》, 김영사, 2004
박완서, 《한 말씀만 하소서》, 세계사, 2004
박태호, 《세계묘지문화기행》, 서해문집, 2005
_____, 《장례의 역사》, 서해문집, 2006
변우혁, 《수목장》, 도솔, 2006
부위훈, 전병술 역, 《죽음, 그 마지막 성장》, 청계, 2001
사나소, 《저승, 그곳 문지방 넘나드는 이야기》, 이론과 실천, 2002
송기원, 《저녁》, 실천문학, 2010
심경호, 《내면기행》, 이가서, 2009
오진탁, 《마지막 선물》, 세종서적, 2007
_____, 《삶, 죽음에게 길을 묻다》, 종이거울, 2010
_____, 《죽음, 삶이 존재하는 방식》, 청림출판, 2004
유호종, 《떠남 혹은 없어짐》, 책세상, 2001
이건영, 《마지막 인사》, 휴먼북스, 2009

이문열, 《選 세계명작산책-2 죽음의 미학》, 살림. 2003
이정옥, 《반만 버려도 행복하다》, 동아일보사, 2009
임장민/지영창지 편, 허대석/조현 역, 《임종을 맞이하는 마지막 일주일》, 군자출판사, 2003
임철규, 《죽음》, 한길사, 2012
전송열, 《옛 사람들의 눈물-조선의 만시이야기》, 글항아리, 2008
정동호 외, 《철학, 죽음을 말하다》, 산해, 2004
정진홍. 《죽음과의 만남》, 우진출판사, 1995
조병옥, 《라인강변에 꽃상여 가네》, 한울, 2006
진중권, 《춤추는 죽음 상, 하》, 세종서적, 1997
최재천, 《당신의 인생을 이모작하라》, 삼성경제연구소, 2005
최준식, 《죽음, 또 하나의 세계》, 동아시아 2006
_____, 《왜? 인간의 죽음, 의식 그리고 미래》, 생각하는 책. 2009
_____, 《죽음의 미래》, 소나무, 2011
최철주, 《해피 엔딩》, 궁리, 2008
최화숙, 《아름다운 죽음을 위한 안내서》, 월간조선사, 2002
홍사종, 《늙는다는 것 죽는다는 것》, 로그인, 2008
홍윤숙, 《홍윤숙시집》, 서정시학, 2012

고드립, 대니얼, 이문재/김명희 역, 《생에게 보내는 편지》, 문학동네, 2007
고르, 앙드레, 임희근 역, 《D에게 보내는 편지》, 학고재, 2007
그룹만, 얼, 정경숙 역, 《아이와 함께 나누는 죽음에 관한 이야기》, 이너북스, 2008
나우엔, 헨리, 홍석현 역, 《죽음, 가장 큰 선물》, 홍성사, 1998
눌랜드, 셔윈 B., 김미정 역, 《사람은 어떻게 나이 드는가》, 세종서적, 2010
_____, 명희진 역, 《사람은 어떻게 죽는가》, 세종서적, 2008
니어링, 헬렌, 이석태 역, 《아름다운 삶, 사랑, 그리고 마무리》, 보리, 1997
_____, 전병재/박정희 역, 《인생의 황혼에서》, 민음사, 2002
다우비긴, 이안, 신윤경 역, 《안락사의 역사》, 섬돌, 2007
데켄, 알폰스 외, 이송희 역, 《행복한 죽음》, 큰산, 1993
로스, 필립, 정영목 역, 《에브리 맨》, 문학동네, 2009
리더, 미하엘 데, 이수영 역, 《우리는 어떻게 죽고 싶은가》, 학고재, 2011
리프, 데이비드, 이민아 역, 《어머니의 죽음》, 이후, 2008
린포체, 나왕 겔렉, 정승석 역, 《행복한 삶 행복한 죽음》, 초당, 2004
메이어, 캐서린, 《Amortality》, Vermilion, 2011

나의 아름다운 죽음을 위하여

모카, 케네스/모간, 존, 김재영 역, 《죽음학의 이해》, 인간사랑, 2006
모하임, 댄, 노혜숙 역, 《더 나은 죽음》, 아니마, 2012
바이오크, 아이라, 곽명단 역, 《아름다운 죽음의 조건》, 물푸레, 2010
＿＿＿＿＿＿＿, 김언조 역, 《품위있는 죽음의 조건》, 글항아리, 2011
발리, 니겔, 고양성 역, 《죽음의 얼굴》, 예문, 2001
베르트 케이제르, 오혜경 역, 《죽음과 함께 춤을》, 마고북스, 2006
보봐르, 시몬느, 지정숙 역, 《고요한 죽음》, 범조사, 1980
보비, 장 도미니크, 양영란 역, 《잠수종과 나비》, 동문선, 1997
볼만, 슈테판, 유영미 역, 《길어진 인생을 사는 기술》, 웅진지식하우스, 2008
비알로스키, 질, 김명진 역, 《너의 그림자를 읽다》, 북폴리오, 2012
사라마구, 주제, 정영목 역, 《죽음의 중지》, 해냄, 2009
삼바바, 파드마, 유시화 역, 《티벳 死者의 書》, 정신세계사, 1995
소프, 실비아/틸, 요셉 프란츠, 임영은 역, 《죽음의 탄생》, 말글빛냄, 2008
쉬퍼, 되르테, 유영미 역, 《내 생애 마지막 식사》, 웅진지식하우스, 2010
슈나이더, 미셸, 이주영 역, 《죽음을 그리다》, 아고라, 2006
스노던, 데이비드, 유은실 역, 《우아한 노년》, 사이언스북스, 2003
스베덴보리, 스베덴보리학회 편역, 《스베덴보리의 위대한 선물》, 다산초당, 2009
스즈키 히데코, 최경식 역, 《가장 아름다운 이별이야기》, 생활성서, 1998
스크리브너, 레슬리, 용호숙 역, 《스물둘에 별이 된 테리》, 동아일보사, 2005
스프링, 재니스 A./스프링, 마이클, 이순영 역, 《웰 다잉 다이어리》, 바롬웍스, 2011
실즈, 데이비드, 김명남 역, 《우리는 언젠가 죽는다》, 문학동네, 2010
아라이 가즈꼬, 나지윤 역, 《내 손을 잡아요》, 현암사, 2010
아라타, 텐도, 권남희 역, 《애도하는 사람》, 문학동네, 2010
아리에스, 필립, 고선일 역, 《죽음 앞의 인간》, 새물결, 2004
＿＿＿＿＿＿＿, 이민종 역, 《죽음의 역사》, 동문선, 1998
아메리, 장, 김희상 역, 《자유죽음》, 산책자, 2010
앨봄, 미치, 공경희 역, 《모리와 함께 한 화요일》, 세종서적, 1998
＿＿＿＿＿＿, 공경희 역, 《천국에서 만난 다섯 사람》, 살림출판사, 2010
야마자키 후미오, 김대환 역, 《병원에서 죽는다는 것》, 상상미디어, 2005
에리엔, 안젤레스, 김승환 역, 《아름답게 나이든다는 것》, 눈과 마음, 2008
엔눌라트, 게이투르트, 이옥용 역, 《우리 함께 죽음을 이야기하자》, 보물창고, 2011
엘리야스, 노베르트, 김수정 역, 《죽어가는 자의 고독》, 문학동네, 1998
오언스, 버지니아 스템, 유자화 역, 《어머니를 돌보며》, 부키, 2009
오츠 슈이친, 박선영 역, 《1000가지 죽음이 가르쳐 준 행복한 인생의 세 가지 조건》, 21세기북스, 2011
오츠카 아츠코, 송영빈 역, 《세상에서 가장 아름다운 이별》, 글로세움, 2006
오켈리, 유진, 박상은 역, 《인생이 내게 준 선물》, 꽃삽, 2006

와일더, 손톤, 오세곤 역, 《우리 읍내》, 예니, 1999
왕일민, 유현민 역, 《어머니와 함께 한 900일간의 소풍》, 랜덤하우스, 2007
요로 다케시, 김난주 역, 《죽음의 벽》, 재인, 2004
윌버, 켄, 김재성/조옥경 역, 《세상에서 가장 아름다운 용기》, 한언, 2006
첸, 폴리, 박완범 역, 《나도 이별이 서툴다》, 공존, 2008
초프라, 디팩, 정경란 역, 《죽음 이후의 삶》, 행복우물, 2007
카터, 조 피츠제랄드, 정경옥 역, 《엄마 엄마 엄마》, 웅진, 2011
캐스카트, 머스/클라인, 대니얼, 윤인숙 역, 《시끌벅적한 철학자들, 죽음을 요리하다》, 함께 읽는책, 2010
캘러넌, 매기, 이기동 역, 《마지막 여행》, 프리뷰, 2009
코르노, 기, 김성희 역, 《생의 마지막 순간, 나는 학생이 되었다》, 쌤앤파커스, 2012
쿨, 도시, 구혜경 역, 《사랑이 사멸》, 파미동, 2011
콜만, 얼 A., 정경숙/신종섭 역, 《아이와 함께 나누는 죽음 이야기》, 이너북스, 2011
쿠엘벨벡, 에이미, 변용란 역, 《가브리엘을 기다리며》, 해냄, 2006
쿨, 데이비드, 권복규/홍석영역, 《웰 다잉》, 바다출판사, 2005
크리슈나무르티, 지두, 《삶과 죽음에 대하여》, 고요아침, 2005
테인, 팻 등, 안병직 역, 《노년의 역사》, 글항아리, 2012
톨스토이, 레프, 고일 역, 《이반 일리치의 죽음》, 작가정신, 2011
_____, 김제하 역, 《사람은 무엇으로 사는가》, 소담출판사, 2003
퀴블러 로스, 엘리자베스 /케슬러, 데이비드, 류시화 역, 《상실수업》, 이레, 2007
_____, 류시화 역, 《인생수업》, 이레, 2006
퀴블러 로스, 엘리자베스, 말 워쇼 사진, 이진 역, 《안녕이라고 말할 때까지 진정으로 살아 있어라》, 이레, 2007
퀴블러 로스, 엘리자베스, 강대은 역, 《생의 수레바퀴》, 황금부엉이, 2009
_____, 이주혜 역, 《죽음 그리고 성장》, 이레, 2010
_____, 최준식 역, 《사후생》, 대화아카데미, 2009
투르니에, 폴, 한준석 역, 《자신과의 대화》, 종로서적, 1980
펙, M. 스캇, 민윤기 역, 《영혼의 부정》, 김영사, 2001
_____, 조성훈 역, 《끝나지 않은 여행》, 율리시스, 2011
펜윅, 피터&엘리자베스, 정명진 역, 《죽음의 기술》, 부글북스, 2008
포시, 랜디/재슬러, 재플리, 심은우 역, 《마지막 강의》, 살림출판사, 2008
포트, 루이스 윌, 김민영 역, 《당신 참 좋아 보이네요》, 알키, 2011
프랭클, 빅터, 이시형 역, 《죽음의 수용소에서》, 청아출판사, 2005
프리드먼, 하워드 S./마틴, 레슬리 R., 최수진 역, 《나는 몇 살까지 살까?》, 쌤앤파커스, 2011
험프리, 데릭, 김종연 김설아 역, 《마지막 비상구》, 지상사, 2007
홀더, 제니퍼 S./클랜튼, 잰 A., 손희승 역, 《아름다운 이별》, 지식의 날개, 2004
히노하라 시게아키, 김옥라 역, 《죽음을 어떻게 살 것인가?》, 궁리, 2005